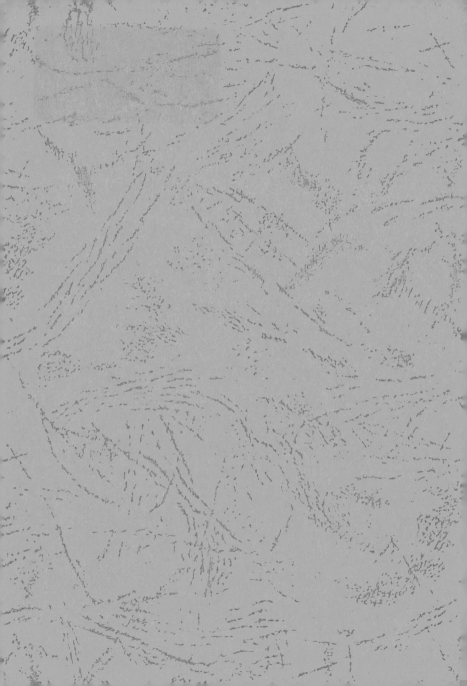

新火花

别以失恋的借口爱我

洛 清 主编

重庆出版社

图书在版编目(CIP)数据

别以失恋的借口爱我/洛 清 主编,—重庆:重庆出版社,2005.8
(新火花系列丛书)
ISBN 7-5366-7328-0

Ⅰ.别… Ⅱ.洛… Ⅲ.短篇小说—作品集—中国—当代 Ⅳ.Ⅰ247.7

中国版本图书馆 CIP 数据核字(2005)第 097626 号

别以失恋的借口爱我

BIE YI SHILIAN DE JIEKOU AIWO

洛 清 主编

责任编辑:周北川
封面设计:Winsse
技术设计:洛思文化工作室

重庆出版社出版、发行
(重庆长江二路 205 号　邮编:400016)
新华书店经销
湖北日报社印刷厂印刷

开本 787×1230　1/32　印张 8
字数 148 千　插页 3
2005 年 9 月第 1 版
2005 年 9 月第 1 版第 1 次印刷
印数:1～10 000

ISBN 7-5366-7328-0/Ⅰ·1259
定价:16.00 元

目录

CONTENTS

1

2

邱琼

一朵莲的身世

那一天，阳光明亮芬芳。你站在篮球架旁。你回头。你大笑着朝我打响指。你叫我，小雪小雪。你穿小格子衬衫。

Ａ

　　吴桐，你还记得吗，7 年前的暮春，你坐在我的身后，搂住我，缓缓吹过的是穿堂而入拂过青春脸庞柔软的风，能听见心内透明的甜蜜悠扬地流淌。

　　那一年，你我 15 岁。单衣试酒春衫薄的年少骄纵。

　　爱情在那时真是美丽，没有一点忧愁负担，回想起来啊，童话一样纯净如梦。在简陋的茶社里，一人一杯茶就可以对望一个下午。早春时分的暮色里，樱花轻轻落在我的肩膀上，你微笑着替我拿开，我踮着脚亲吻你的额头，似乎可以听见彼此心内花朵绽放的惊喜和慌乱。和你手拉手地走在桂花树下，忽然就很想在你脸上亲一口，是这样地欢喜着，纯净得真让人心疼。

　　吴桐，你知道吗，那时你送给我的栀子花，每一朵，干枯后，我都收藏着呢，116 朵，放在铁盒子里，想起你，就会将脸贴在上面，有泪流下来。到了现在，常常在初夏，别一朵在衬衣的第一颗扣子上，低下头，就可以闻到那股忧伤的冷香。仿若你，依然在身旁。

　　吴桐，你明白吗，第一次听到你说喜欢我的时候，那种巨大的欢乐要如何才能形容得完全。那一刻，似听到了天籁。就算到了 80 岁，依然会记得。曾经，有一个我喜欢的人，告诉我，他喜欢我。

　　还有那一次啊，第一次牵手，你笑得那样的心满意足，我们手心里全部是汗，也舍不得松开。多少年了，我不会忘记，有人为了能牵起我的手而如此微笑。

我们走过的每一条街，我们去过的每一间店，这个城市，负载了太多记忆，有一个人，曾经那么疼爱过我。我们在一起，度过那样美好的一段时光。回忆起来，就连空气里，也满是落花与树叶的清香。

而自此之后，不会再有人，能像你给我的，有这么多，这样好。

简单的关怀，沉甸甸的开心，油然而生的天长地久——那时，是真想过有天长地久吧。

从此，看到那些20多岁的男子，偶尔，我会盯住他看，我在想，吴桐，你穿上这种小格子衬衫，微笑着的样子，肯定很温和很朝气，就像眼前这个被我看得脸红的年轻人。

吴桐，如果你活到现在，也该有这么大了吧，笑容淳朴温暖，衣衫熨帖干净；而我，依然会在你身边，与你，天长地久。

那一天，阳光明亮芬芳。你站在篮球架旁。你回头。你大笑着朝我打响指。你叫我，小雪小雪。你穿小格子衬衫。

B

他叫幕遮，姓苏。

一直觉得，百家姓里，苏姓非常讨巧，不管后面加上什么字，总是悦耳的。女子姓苏，一派玲珑婉约的味道，无端端地想起小桥流

別以
失恋
的借口爱我

水。男子姓苏,很温和的感觉,清爽洁净。

他是那样好的一个男人啊,谈恋爱的时候连内衣都替我买,在柜台前面,一米八几的个子很耐心地问售货员什么品牌穿上去最为舒适。后来又自己买来中药熬上几个时辰为我治病,在小火炉旁边蹲着,热得满头大汗也不抱怨;每天晚上削一只苹果给我;收集很多养生、养颜的食谱,下班后,在厨房里亲手做尝试,再端到我面前,看着我吃完。

他高大、俊朗、温和、才能兼备并且家世阔绰,身边百媚千红。我只是一朵角落里的莲。

我们相爱。

他说,宝贝儿,我们结婚。

曾经,有个男人向我求婚呢,而且是我也想嫁给他的人。

这真是一件美满的事情。被所爱的男人求婚。

可是,事出突然。小可来到幕遮身旁。她是他的前任女友。他们一起念的大学,毕业的时候分开。

很戏剧化的情节,像电影。

但是这样的事情,让我经历。

幕遮说,小雪,对不起,我爱的还是她。你只是我的错觉。

碰到一个心甘情愿想嫁又可嫁的人,他却在领结婚证之前的一天宣布离开。

可是我们连喜帖都已写好。

大幅婚纱照已经挂在新房。那么恩爱的样子。

呵呵。竟是他们之间的第三者,连做弃妇的资格都没有。

突然觉得这个世界很古怪,很滑稽。

笑到眼泪出来。真好笑。

幕遮说,小雪,你会掀翻我心底深处的东西,你会让我表面的安静迅速瓦解,你令人怜惜,但是,我需要安静与平和,就像我需要小可。

曾经这个人,以毕生的承诺,力求令我相信,他是真心喜欢我。

可是情场如战场,不是她死,就是我亡。

我输了。

向老板告假三天,他不批。我卖身给他们三年,他要我站着死我决不敢坐着死,某天若我未出现在办公桌面前,他一定雇凶杀我。

可是我不干了。我任性地放弃了可以让我安身立命的工作。

在失去爱情之后。

走很多路,一天吃六餐,把幕遮与我去过的餐厅重新光临一次。不想忘记,他爱过我的感受。

到相同的餐厅,吃相同的菜肴,牢牢记着他说过的每一句话,做过的每个表情。

最后,在一盘酒酿丸子面前哭了起来。

我很辛苦。我忍不住泪。在将来,也会念着曾经有一个人,对自己那么好过吧。

幕遮说，小雪，我仍然会照顾你的生活，一个月 3000 元的费用，直到你嫁人。另外，先给你 20 万，可看三年病。

他许过的责任是舍弃了，但做人的规矩仍遵守，总算不枉结识他一场。

可是我要这些钱做什么。他本来就是自由的，不需要从我这里赎回。

原来幕遮关于天长地久的誓言，只是一时失言。

遇见何岸的时候，林雪在大排档吃面。

何岸坏坏地笑，也要了一碗炒面，端到林雪对面的位置坐下。

林雪没有抬头。林雪知道自己是美丽的，哪怕已经落魄如斯。

一碗面吃完，林雪掏出两元钱压在碗下，起身离开。

何岸也起身。追了出去。

喂，小姐，你很麻木不仁呢，对面坐着如此帅哥你竟然熟视无睹？

林雪没有回头，只说，麻木不见得，木已成舟，多想无益。

何岸挑挑眉，如此美女，罕见。

小姐，我感觉你过得很苦的。何岸忆及那碗面。

柬埔寨、阿富汗尚有活人呢，我虽无锦衣美食，倒也能吃饱穿暖，岂肯言苦？

何岸笑。他决定追求她。

莺飞燕舞中流连多年，一次街头偶遇，心已动。原来，人与人之间的缘分总是如此奇怪而难以预料。

人为财死。贫穷的美女自然有她的命门。何岸开始带林雪出入高级百货公司。只要是林雪多看两眼的衣裳，他悉数买下，诚惶诚恐。

林雪微笑。可惜自己早不是初出茅庐的小妞，会对这些小恩小惠大肆感激。当初与幕遮在一起时，坐过奔驰，喝过轩尼诗，吃过龙虾鱼翅，不劳而获三年。对于何岸提供的好处并不上心。

物质之于林雪，早已如过眼烟云。

并非高洁。只是害怕这种感觉，不愿意重温当初幕遮将存折放到自己面前的那一刻。

6月，林雪做了何岸的新娘。

她太累了，只想找棵树靠一靠，不奢望天长地久。有太多事要自己担当，无法假清高，运气又走完了，所以，不管那么多，只要能回到地上，安全过日子，就不再苛求。

何处是岸？何岸？

他们的婚姻只是一个问号。

4个月后，他们离婚。

何岸在外面拥有很多女人。最年轻的一个，17岁。

林雪笑。

其实何岸并不爱她,他只是好奇。他终于明白,她这样的女人,其实车载斗量。

只是可惜啊,她本来以为可以在他的怀抱里安心睡一觉,哪知只是打了一个盹儿。

D

我第一次看到这个女人,是在伟伦广告公司。

她穿浅灰套装,神情困顿。在给我倒茶水的时候,甚至跟跄了一下。

她一直在微笑。

我向伟伦的丁总打听她。她说,这个女人很神秘,曾经是某总之子某长之孙的未婚妻,又与金牌王老五有过短暂婚史,可是她依然屈尊在小公司做文员,夜里在咖啡厅当女招待,每周去三次医院。

搞不懂这女人,和那么有钱的人打过交道,居然没有赚足赡养费?丁总最后说。

我去伟伦勤了。每次都是这个女人接待我。她有个动听的名字叫林雪。

渐渐我们熟识了。有时候,晚上我们会在一起吃顿饭。

她是个很好的谈天对象。天文、地理、足球、音乐、军事,均能信手拈来。

我不禁怀疑，美丽才情如她者，那些男人，曾经有幸夜夜拥她入怀而不加珍爱？

仗着彼此关系日渐亲密，有一次问及她与那两个男人的纠缠。她轻轻一笑，我遭有权有势的现代马文才所害，山伯又变了心，没有人愿意陪我变蝴蝶。

当下我震动。寥寥两句，看似轻描淡写，却道尽人间沧桑。

谈论她的病情，她倒是淡然：人生本就是千疮百孔，不然女娲也不会去补天了。命运这东西，接受着吧。

她这样的女子，从来不肯抱怨半句，哪怕对于现况，她永远戏称为一事无成，半生潦倒。

多次要她跳槽至我的公司，她总一笑，我好不容易在伟伦杀出条血路，怎肯轻言放弃？

于是，仍旧看着她日日周旋于商界，打拼回一些金钱，再全部贡献给医院和补贴家用。

为什么不接受曾经那些钱呢，20万以及每月3000元？

她笑一笑，坦白道，已经输了爱情，再输尊严，岂非令自己都难过？

恨他吗？

并不。我们毕竟相爱过。那三年，他给予我的，堪称完美。我提前透支了和他之间一生的幸福，所以注定无法得到美满结果。已经原谅他后来的做法，因为换成是我，同样会有处理不当及迷惑。

有过最怀念的爱情吗?

有。特别澄澈的一段感情。如果支撑到现在,也许早已变样,但是因为终结在最美好的时段,所以格外值得怀念。

你看问题很是通透。

哪里。她笑。可能是因为自己时日无多,所以超脱。对这个世界只有留恋,再无怨恨。如果有来生,想要做一棵树,站成永恒,没有悲欢的姿势。

这个叫林雪的女子,三个月后死于我的怀抱。她为病痛折磨,已经5年。

她死前,一直念叨过一个词语:梧桐,梧桐。

那之后,我开始觉得,梧桐……是这个世界上,最美丽的植物。

10

海 达

暗夜的鼓手

我远远地看见朔其隐没的样子，双手用力地敲打鼓面，似乎要将它敲破。每一击的鼓声都当做心脏的跳动，或缓慢而有条不紊，或剧烈而充斥激情。

　　我是在路边,偶然一个转身听见了一段杂乱无章的音乐,但是其间的鼓声却是如此清晰。鼓声,乐曲里可有可无的灵魂,乐曲里呼之欲出的形式。然后感到脑海里的回忆被一刀劈开,隐隐的,我听见了自己的心脏有节奏地寻着脚步声跳跃,一如鼓声,声声清晰。

　　那么朔其,你究竟埋身于世界的哪一个角落?是否如你所言,放弃了一个鼓手的天职,潜心阅读生活的质朴?

　　我远远地看见朔其隐没的样子,双手用力地敲打鼓面,似乎要将它敲破。每一击的鼓声都当做心脏的跳动,或缓慢而有条不紊,或剧烈而充斥激情。他始终低低地埋着头,也许面无表情,也许满脸莫名的微笑。作为鼓手他只肯待在角落里敲打生命的鼓点。需要时,即时出现;不需要时,即时离开。

　　在我遇见他之前他的梦想是可以在一条偏僻的公路中央以一名鼓手的身份出现,天空射下炽热的光芒,两旁的绿色生命盛放而顽强,尘土飘落,空气干燥。他敲打他心爱的鼓,一声声地坚持,一次次地重复。他是生命的鼓手,敲出沉痛而钝重的鼓点,敲出阴影瞬间的跳跃节奏。需要时,即时出现;不需要时,即时离开。

　　我只是平凡大众的一员,在每个阳光美妙的午后静静倾听walkman里各式各样的音乐,陶醉在时而出没的鼓声中。我不热爱音乐,但是一直保持对鼓的偏爱。或深或浅的鼓声交错纠缠于每首我爱的和不爱的音乐。

格想说我是个两面三刀的女子，人际关系不错。可惜，惟一缺少的是被称为阳光的笑容。就像悬在半空中的一滴水，蒸发便成云，落地就消失。我明白格想的意思，几近于一句佛语：放下屠刀，立地成佛。至于我到底是应该落地消失还是羽化成云并不重要。我以为只要鼓声存在我的生命中一天，格想的面容刻在我的记忆中一天，我便不会如林妹妹那般黯然神伤。

格想是我生命里分量不轻的一个女子，自我的记忆被不断温习的时候格想就无声地占据一席之地。她总是轻易地从壁橱的大衣下拉出泪痕未干的我。父母扔碗摔碟子的声音经常把我弄得不知所措。我曾经背着他们捡起一些摔破的碎片，固执地认为如果我能将这些碎片拼回原形他们就不会再争吵。但在最后的时刻偏偏缺少那一块功德圆满的碎片，于是一切皆是枉然。格想会捧着我被割伤的手指，小心翼翼地吹，似乎她拥有魔法。她说不要怕，他们只是不高兴了，他们会和好的。我端坐在冰凉的地板上除了点头一言不发。

14 岁那年他们终于劳燕分飞，我依旧一言不发地拿出碗柜里所有的碟子扔进垃圾堆里。这些给过我梦想的碎片从黑暗的空间落下，轰的一声，轰的一声。

那年一个 14 岁的女孩子身着白色睡裙，散着头发穿过夏季的楼道，把怀中的碟子一并扔进垃圾堆。她站在一旁看它们在黑暗的空间里粉身碎骨，轰的一声，轰的一声。所有的忧伤和幸福在那

别以**失恋**的借口爱我

13

一刻静止，留下声响过后的尘埃飞扬。隔壁谁的家里在放一首荒凉的曲子：This love, this love, it doesn't have to feel love。

15岁那年格想搬去邻近的城市，16岁我从母亲那里搬出来。搬回原来的住所，洗刷完毕躺在自己亲手铺的被褥上沉沉睡去。从此以后我学会了一个习惯，睡觉时左手抓住右手臂，坚硬的指甲一点点地深陷入皮肤，很疼。早晨在温柔的晨光里看见自己的右手臂上一排细小且微红的弯弯的伤痕。那应该是体内的血留下的符号，像是谁的嘴唇浅浅地笑着。

每个星期天我都会乘5点的长途汽车去邻近的城市看望格想，无论冬天还是夏天，春天还是秋天，从不间断。而格想会端着一杯清水，站在车站的出口等我。她知道她能够等到我，所以她从不离开。

下车的时候天已然大亮，我蹲下来哇啦哇啦地吐，浑身酸疼。接过格想手中的水，漱口，再扔掉杯子，站起来说，没事了，我们走。

格想走到我身边笑着说，真的没了？

我斜着双眼看她，哪儿那么多废话。

她便不再理我。

我们习惯去一家很老的早餐铺子，喝早茶，吃糯米烧卖，还一边吃一边讨论要去哪里。后来这样的旅程多了一种模式，格想为我办了一张公车月票。在街边走着的时候会莫名地上一辆不知道去哪里的公车，然后在不知名的地方停下来。再上，再下。再上，再下。

　　公车摇晃，我们走走停停，说着各自的事。在此类过程中我突然由平日的被动变为主动，不浪费一个姿势、一个眼神、一个表情，不断地说着关于自己或者不关于自己的一切，时而伤神时而快乐。可是格想却依旧轻轻地说，小夜，不要把与你无关的事情拉进来，不用笑得那么虚伪可憎。我不是傻瓜，一大早不是来陪你说这个的。你看清楚，我是格想。就算你一句话不说也没什么。没有人逼你。她一番话把我推向死角，我把头低下去跟自己说，我永远不是格想的对手。就像风吹草动，格想是风吹，我是草动。

　　在这个城市里我最熟悉的地方是东 14 路公车站。那是一条并不繁华的大街，被放在城市的下一个规划项目中。我们俩并排坐着，听 walkman 里的音乐。虽然我不知道格想她到底喜欢什么。可是我觉得安心，因为我觉得自己还是被需要的，不是多余的。在那个人潮稀落的东 14 路公车站，每一辆过往的公车都会停下来向我们招手。我微笑着说，我们等的是下一班车。我说这些的时候一脸澄澈，好像我们是真的在等下一班车。

　　我还有一个致命的弱点，自己都不知道哪天会断送在这个弱点上。格想说，当有车子对你按喇叭时，别去看它，站在那里别动。

　　尤其在夜间的马路上，奔驰的汽车携风而过。如果我恰巧站

在马路的中央,车子对我示警,我会盯着那闪耀的灯光而忘记了我在哪里。只知道那光芒是如此刺眼、如此温暖,我会在这样的灯光里忘记所有的一切。

格想在一个寒冷的冬夜一把将我拉开,我摔在水泥路上,一脸茫然地问,怎么了?

小夜,记住,永远别在夜晚看车灯,直到你能丢掉所有伤痛的回忆。

这个陌生的城市我暂且称它为芒。芒,那是我对格想最深的印象,茫且忙。

人潮稀落的东 14 路公车站,陈旧得如路边的灰尘。只有形式上经过的 14 路公车证明它曾经的繁华。我们会从超市里买来喜爱的零食肆无忌惮地大吃大嚼,或者静静地聆听 walkman 里传出的音乐。

那个时候我最不了解格想,她一直是那么优秀,那么无懈可击。但是她说她是喜欢过鼓的。我原来始终不明白,如果喜欢过一样东西怎么可能无声无息地忘记。可是现在,我也同样对鼓表现出一种若有若无的状态。因为,它代表了一段时期内的过往和无奈,却不能代表永远。

那个寒冷的冬天,我看着杯子里的咖啡升腾的热气,安静地听《Radio Ga Ga》流转而出的轻松鼓点。突然格想拔下我的耳塞说,小夜,我们去看一场演唱秀,是我一个同学的。我点点头。离东14路公车站不远的地方是个怀旧味道异常浓重的酒吧。在此之前我从未涉足此类场所,因为这里汇聚的人们有着各式的面孔和截然不同的灵魂。

酒吧的名字叫 Spring。我不知道应该是春季还是泉。Spring 的前身是一个旧仓库,像东14路公车站,等待消失。最多两年,最少下个月。

我跟着格想一同进入酒吧,这里真像一个地下俱乐部,有着暗红的灯光和低沉的音乐。我看不清任何人的脸,包括身旁的格想。就在那样低调的氛围中我抬眼就看见了朔其,一个同样低调而沉默的鼓手。他坐在表演台上最右边的角落,双手懒散地搭在鼓上,俯着头,看不见他的脸。我甚至怀疑自己看到了一个幻影,在这个怀疑的片刻他缓缓地站起身,将视线直接投向我所在的方位。我措手不及地微笑,那个慌张的微笑暴露了我的所有。从那一刻起,他就知道我的心里承载着一个深不可测的世界,荒凉得如同南极的冰天雪地,一望无际。

他穿过人群来到格想的身边,笑着说,真的来了?喝点什么吧。格想并没有回答他,指指我说,我的朋友,带她来暖暖身子,过一会儿就要回去了。我没有顾及朔其的想法,对格想耳语,我喜欢这个鼓手,所以我不喜欢这个演唱秀。外面等你。

10分钟后我们离开了 Spring。我、格想和朔其。

别以 **失恋** 的借口爱我

我不知道朔其为什么会跟出来。格想走在我和朔其之间，她知道我一向惧怕陌生的人，陌生的环境。她像屏风一样挡在我身边。我听见她问朔其，你跑出来，"暗夜"怎么办？朔其放心地回答，收好了，放在后院。我生硬地插嘴道，"暗夜"是谁？朔其满脸骄傲地说，她是我的鼓，叫"暗夜"。

事到如今我还能记起朔其那副明朗的模样，他带着无比骄傲的神色说，她是我的鼓，叫"暗夜"。

我回应着，很少见的名字。格想笑起来，像你的阳光笑容一样罕见。朔其一路上并不多话，正如我第一眼看见的那般，他是个低调且沉默的鼓手。

而后我才知道朔其就是我在网上认识的那个"暗夜的鼓手"。在我们聊天的过程中我忠诚地扮演一个沉默被动的角色，并乐此不疲。我想当时朔其顽固地加我入好友栏纯粹是因为我的名字——Night。那是他心爱的鼓"暗夜"的英文称号。巧合的是我之所以让他轻松通过，也是因为他的名字——"暗夜的鼓手"。

可惜他一直对我的身份没有产生任何疑惑，也许是他不愿意承认他印象里懒散苛刻的 Night 居然是被格想照顾周到的小夜。

走到一条大街尽头的时候，我们遇见了一个漂亮的小女孩，格想突然来了兴致，跑过去逗她。她的母亲很欣慰的样子。格想蹲在那里，问那个小女孩的姓名及年龄。我把双手插进口袋，歪着头，微笑着看着她们。那个女孩子有漂亮的眉眼、白皙的皮肤和明亮

18

的笑容。这样的天使，谁不想去呵护？格想解下钥匙扣上的 Kitty 猫，说，你亲姐姐一口，就把这个猫咪送给你。小女孩眨眨眼睛，撅起小嘴为难地看着身边的母亲。年轻的母亲依然欣慰地盯着她不给任何指示。她把小嘴轻轻地贴在格想的脸上，迅速离开。格想把奖品给她，说愿你一世安康。小孩子什么也不懂，眯着眼睛对格想笑。她的母亲亲切地笑道，谢谢你。

朔其突然开口问我，你也喜欢小孩子吗？我说，这么可爱的孩子谁不爱呢？可是你为什么只站在一旁微笑却不走近呢？他似乎有些不解。因为我知道自己终究要离开，而且可能越走越远。我低着头说。

格想送我离开时说，朔其是个善良的人。你们可以相处得很好。我笑，我相信。一个星期后见。

当晚回到家我立马打开电脑，一边听着咚咚的鼓的沉吟，一边手忙脚乱地为自己冲泡面。看着朔其发过来的句子，觉得更有必要把这盘游戏玩下去。我对着显示器的光亮，持续着柳暗花明的文字符号。没有人要求我，没有人有理由要求我。

朔:Night，今天遇见一个女孩子。

夜:怎么？一见钟情？

朔:当然不会，只是我看见她的时候就想到了你。

夜:难道我会借尸还魂？

朔：这个星期天你在家里？

夜：一直。

朔：最近好吗？我们的乐队可能要解散了，因为酒吧要搬迁。

夜：那很好啊，你们的乐队本来就是一种拼凑的错误，早散早解脱。那么你还会继续当一名鼓手吗？

20

朔：不敢肯定。但我想就算乐队解散，我也不会放弃"暗夜"的，毕竟这三年来它是我灵魂的出口。

夜：如果你没有做好准备放弃更重要的事物来换取"暗夜"，我劝你及早松手，否则结局会令你肝肠寸断。

朔：Night，我了解你的想法。有什么令你肝肠寸断的吗？

夜：有很多。我是个贪心的女人，想要的太多，反而失去了更多。

朔：鼓，算吗？

夜：算，它是我赎罪的请求。赎回一些破了原形的碎片。

朔：你能放弃吗？

夜：我想不能。可有的时候人无力回天，只有默认。

朔：所以，不到鱼死网破我便不会放弃"暗夜"。事实上，还有你。

夜：你无所谓放弃我，因为我即时离开，我不是"暗夜"，我只是隔岸观火的人。

朔：这么肯定？

夜：绝对肯定！我要下了，拜拜。

朔：拜拜。

我匆匆下线，怕时间一长就会露出马脚，我不能被这盘游戏网住。端着一杯水站在阳台，这个城市有着自己独特的宁静。尤其是我住的地方，四周被高大伟岸的建筑物包围，天空却很深远，零星散落的星光点点闪烁。看久了产生一种不真实的眩晕。

我想我和格想总有一天要分离，这是不可避免的。如若那一天到来你我可会难舍难分、肝肠寸断？犹如朔其和"暗夜"。尽管我们绝口不提那样一个近期的分离。

夏季跟随春天轻盈的舞步旋转而来。我带着简单的行李，起程去格想那儿暂住两个月。格想仁慈的父亲为她在 S 城办理了一切手续，包括户口。至于高考，不过是个形式。

短短的两个月发生了很多事情。我们共同清除了彼此温存的记忆，我们都知道等待的日子漫长得像冬季一样蕴藏伤害。尽管是一段不算很长的日子，可是谁也不能保证我们中的任何一个会不会改变。这段时间足够把我和格想分离开来，时间可以带走一切。

朔其的乐队也在那个夏季解散，城市的规划很快进行到东 14 路公车站的附近。我和格想去看了最后一场演唱秀。他的脸上有着哀伤的表情。我对他说，朔其，不用耿耿于怀，曲终人散是这个世界上亘古不变的自然法则。那不是你们的错，它只是提前到来而已。他抬起眼来看着我说，小夜你真的很像一个人。我笑，那就把那个人当做我好了。他附和着笑，也许你们根本就是一个人。

我不知道朔其那时候说的"我们"并不单纯地指我的双重身份。还有一个人一直没有被时间遗忘，轻轻地扎根于朔其的心中，让他无法找到回来的路。他说的"像"可能是一种自嘲，因为作为"小夜"的我不会像任何人。

我除了拥有平凡无谓的外表，还有微小且柔软的灵魂无力地蛰伏在内心深处。虽然我试图竭力忘记这一切。

东 14 路公车站也被城市的规划所湮没，道路被封锁，立着一块"修建期间，禁止通行"的牌子。两个月来发生的事情全部呈现一派模糊的景象。我、格想和朔其都预料不出我们的未来会如何发展。而且自由的日子对我而言也越来越少，因为我要靠自己的力量在高考中寻找灵魂蜕变的出口。我没有格想那样仁慈的父亲，一切要由我自己来解决。

大家都走一步算一步，这样的日子还能有多久。

朔其的演唱秀结束后，格想说我们去青岛吧，我想去看看大海。我和朔其很有默契地同意了格想的建议。坐了几个小时的火车后，我们到达了那个坐落在海边的北方城市。夏季的海滩吸引了无数来旅行的人们，格想说她想在她去 S 城之前听听海潮冲向沙滩的第一声哀鸣，或者云朵掠过纯蓝天空的第一眼眉梢，风穿越城市的第一次缭绕。

烈日的灼烧一点点地侵入我们简短的生活。我带着一张 Queen 的唱片不断地反复地听。我站在沙滩上，站在海水里，站在阳光下，站在人群中，不断地听那四个接受生命伤痕的人的鼓声以及惨烈的旋律。

格想偶尔和朔其并肩坐在深夜的海边，微微的风带来腥咸的海水的味道。我不清楚他们在交谈什么，但是我记得格想说过，朔其的心里承载着一道深刻的伤痕和一个安宁的灵魂。探根究底不是我的喜好，因而没有问下去。每个人的生命中总会留下固定的人和事的痕迹，一切与他人并无太多干系。

我安静地走到格想身边，她递过 walkman，说，听吧，看看你能听到什么。我学着他们的样子坐下来，风从耳边轻轻地穿过，塞上耳机后听见了大海冲上沙滩的哀鸣，一遍一遍。它不停歇地唱，唱它的忧伤和孤独。我摘下耳机，说，格想，你听清大海它唱什么了吗？

格想说，我记录了我们在海边的身影、姿势、大海发出的声音，可是它们伴着大海的歌唱沉积成为空穴来风。大海的歌唱，没有人听得懂它唱什么。可是小夜，你听见最前面的一段了吗？那是水滴汇入大海的声音，可以清晰地听见海浪的回音，它们回应着大海的歌唱。

我抱着自己的双腿，长时间地发不出任何声音，只是静静地听着海的歌唱。

我们一直是荒凉奔跑的孩子，灼伤了自己的信仰，却停不下来。

水滴一点一滴地汇成大海，可是越来越多的忧伤聚集成孤独忧郁的蓝色。那么，快乐的方向究竟被挽留在哪里，还能不能找得到，还有多少人听得清大海的歌唱。

回去的路上，朔其沉沉地靠在车窗边，一言不发。

我知道，有些人的生命就像冲破束缚的溪流，一层一层地向外奔跑，翻山越岭，寻找它一直梦想的大海。然而，一些人一些事被轻易地沉淀下来，放在心里，挥之不去。

我和格想面对未知的离别，无路可退。

Spring 搬迁的时候，我近距离地见到了"暗夜"——朔其心爱的鼓。没有任何特别的地方，显然它沉寂地存在了很久。但我还是发现了几个字迹，尽管布满灰尘。应该是细细的刀纹：暗夜的离去，盛夏。我单纯地判断这个离去的人，要么深爱朔其，要么被朔其深爱。

日后的盛夏时光，暴烈的阳光仿佛要将一切吞噬。我看着我们在青岛拍的照片，忽然想起很多往事，想起父母分开的那个夏天，还有我收集的那些碎片。这张照片上的我蹲在沙滩上，手指不小心被小海蟹夹到，于是放在嘴里吮吸，那么安定的样子，远处只剩下蔚蓝的天蔚蓝的海。

时光就这样被照片定格下来，成为永久的回忆。只是不知道日后看着这些照片的人，还能不能记起原来的时光，并且永不后悔。

格想离开的前几天，朔其来找我说要带我去一个地方。我换了衣服留下便条出了门，格想去赴饭局了。

　　我们坐着公车来到这座城市的边缘地带。放眼望去，一条灰色的马路幽幽地伸向未知的远方。这里行人稀少，阳光炽热，尘土飞扬，同样被列入城市规划建设中。我走在公路的边缘，双手伸平，重心不稳地缓慢前行。朔其跟在旁边，满脸莫名的笑容。他的眉眼被阳光照射得异常明亮，包括孩子气的神情也是如此明显。仿佛一个八九岁的孩子在守护他的心爱之物。

　　我转过脸问他，有什么事吗，朔其？

　　没有什么，想带你来看看这条偏僻的公路，之前是我梦想的演出地。他微笑着说。

　　可是现在乐队解散，公路重建，格想远走。"暗夜"呢？你打算怎么做？我毫不掩饰他伤感的来由。

　　他叹了一口气说道，你把一切都看得很准确，我要说什么你也知道吧。

　　我蹦到他前面，并不急着回答，朔其，你认为我是什么样子的人？

　　他顿了顿说，我算不上了解你。但是觉得你不肯为难自己，积极为自己寻找任何哀伤的出口。也许把你的行为称为逃避更适合。我对你的过去一无所知，你有权利对自己负责。只是你要明白任何事都有一条底线。倘若退至底线后是不是无路可走，无人知晓。

别以 **失恋** 的借口爱我

25

　　我重重地点点头，你回答得很全面，如果用这种方法看你自己许多事大概就能迎刃而解了。

　　什么意思？他问。

　　我停下来靠着路边的一棵树接着说，每个人都有令自己心疼的人和事，常常在事过境迁之后回想当初如何如何。他们忽略了一点，那些人和事终会被时间带走，一切冥冥之中自有安排。我们能做的是最大限度地降低伤害的程度，并非要求彻底松手；但是当我们能够预言大部分的结局时，为什么偏要徒劳一场走回来跟自己说果然如此。

　　为什么？我听见朔其自言自语。

　　因为我们全然无法忘记自己的初衷，企图挽救而不是弥补。世上太多事情注定消失，太多人注定擦肩。这其中的海市蜃楼我们背负不起，只得放手。

　　你是说乐队注定解散，格想注定远走，这一切都是注定的？他仍然不肯面对现实。

　　我反问，难道不是吗？你骗自己骗得太过虔诚，藏在梦幻里舍不得离去。遗憾的是现实不会体恤你，一切按照剧本理所应当地演下去，没有为你耽搁。

　　小夜，谢谢你说这么多。我想我是迷路了，所幸我终于有了返回的欲望。他浅浅地笑着说。

　　你不仅迷路而且流连忘返，好在来得及。我侧着身子进一步解释。

格想走了以后,你还会来芒吗?他岔开话题。

你希望我来吗?我半开玩笑道。

好啊,我提供免费的早餐和午餐。他利索的答应。

没问题,不过你要端着一杯清水来车站接我,时间也要延迟为两个星期一次。我们都有各自的事情等着做。我苛刻地说。

他还是笑,这么简单我能承受。

然后我跑去马路右边,他去左边,摇摇晃晃地走起"平衡木"。黄昏时分,他对着马路这边的我喊,小夜,回去吧。我看着温暖的夕阳,沉默着走向他。

8月底,格想打理行装,离开芒。

阳光炽热如常,格想的长发倾泻,穿着一件普通的黑色 T 恤,只是在靠近锁骨的地方绣着一朵小而刺眼的白色玫瑰。黑色的长裤在胯骨那里也绣着一朵那样纯粹的白色玫瑰。她顶着这阳光坚定不移地行走在人群里,拎着自己的行李,无所顾及,无所畏惧。

可是我为什么不能做到无所顾及,无所畏惧。

拥挤的站台上站满人群,格想忽然转身抱住我说,你一定快乐起来。无论如何,你还是有人爱的,相信我。我的眼泪簌簌地掉下来,落在格想的黑色 T 恤上打出一朵一朵黑色的花朵。

格想,我会坚持下去,为了我自己。我听见自己的声音在颤抖。

在这个世界上，你不是一个人。你有足够多的能力令人羡慕，你要明白。格想的口气很坚定。我点点头，说不出话来。

这时，朔其走到我们身边，说，时间到了，车要开了。

格想放开我，说，一切靠你自己。如果真的走不过去，就给我打电话。还有，你可以来芒找朔其的。

我伸手揉揉眼睛，说，一路顺风。

我们看着载着格想的火车渐渐地越走越远。我不知道这一别是不是会产生裂痕或者断层。可是格想那么坚定地相信，我也应该相信的，不是吗？

朔其拍拍我的肩膀说，回去吧，小夜。吃完饭，我送你回家。

我回头望着他，送我回家？

你总不能不接待我吧？我没有企图，真的。

我笑了，好吧。

9月开学后母亲常常来看我，给我带来大包小包的零食和生活费，甚至望着喝水吃饭的我出神。我有些受宠若惊，这样的幸福对我这种人来说不是山崩地裂就是天长地久。如果是后者，那么他们当初为何离开，所以前者的可能性超过了后者。母亲什么也没有说，我也没有问。有些事情挡也挡不住。

去芒的时候天气渐渐转凉，朔其很准时地端着一杯清水等我。我们仍然去了东 14 路公车站。而后朔其带我去了一个很奇怪的地方，那个地方住着许多天使。它是孤儿院。

进去的时候我迟疑再三，可是朔其说，这些孩子是最单纯的。他们只要一个陌生人的微笑就可以快乐上一整天，不过也许你一个白眼就能毁了他们的童年。

我发现在那些心灵纯洁的孩子们身边，朔其会很容易露出会心的微笑。而我一般是不大说话的，只是蹲下身子问他们的名字和年龄，再抓出一把大白兔奶糖。这些美丽孩子的笑容是温暖的堡垒，只能让我们暂时停留。

9月的最后一天，母亲打来电话说，小夜，明天是妈妈的婚礼，你能来吗？我盯着电话上的计时器，很久才面无表情地说，妈妈，我不能，祝你幸福。挂上电话，我躺在客厅冰凉的地板上，闭上眼睛，眼泪源源不断地冲出来，上帝安排的山崩地裂原来如此。明天，我要选什么作为礼物送给我最最亲爱的母亲，或者，她根本不需要我的礼物。

夜里我辗转反侧怎么也睡不着，给朔其打电话。朔其，我明天不能去芒和你一起到 S 见格想，原谅我。说完匆匆挂上电话，不给他留询问的时间，只给自己留逃跑的时间。我带了钥匙奔进黑夜，一路上疯了似的奔跑，听见风在耳边猎猎作响。我的眼泪不断地落入风里，我怎么还是没有做好接受现实的准备呢。等我跑到没有力气了，眼睛再也流不出眼泪了，嗓子如火焰燎过。一个人，真的是我一个人疲倦地荡在黑暗的怀抱中。忽然看见迎面而来的汽

车，车灯闪烁，两团强烈耀眼的光芒直直地向我飞奔而来。我又一次轻易地陷进那两团光芒中，它是如此刺眼，如此温暖。大脑顿时一片空白，甚至忘记了我在哪里。汽车在我的面前戛然而止。从里面走出来的人是朔其，看见他紧皱的双眉，我突然间崩溃，整个人摔在地上，掩面哭泣。朔其急急地走过来，说，小夜，你究竟是怎么了？到底出了什么事？我俯在自己的双膝上，泣不成声，我很好。只是太累了。而后再也发不出一个字。

　　醒来的时候我发现自己躺在卧室里，朔其坐在我身旁，一脸的愁容。

　　我张了张嘴，发不出声音。头很疼。大概是昨晚受凉了。朔其去客厅倒了一杯水给我。说，你发烧了，嗓子暂时不能说话。喝吧。我给格想打过电话了，她下午就能回来。我背靠枕头，望着清澈的水，眼泪又轻轻地流了出来。朔其低着头，我看不见他的表情，只听见他说，小夜，你可以看得到我在骗自己，怎么就看不到你也在骗自己呢？

　　我闭上眼睛，我太累了。

　　再次醒来时，身边已经空荡荡的了。时钟走动的声音如此清晰，我眼睁睁地看着时间从我身边带走一个又一个重要的人，再把一个又一个伤痛还给我。究竟，究竟什么时候是结束？视线停留在对面的壁橱上，这么多年来我一直把它当做我的堡垒。那片黑暗的空间像遥远的天堂，我一个人躲进这片没有光芒的天堂，做自己世界里的高贵公主，和自己的感情孤独地相依为命。只不过，公主是我，子民也是我。一直以来，难道都是我在假装快乐？

走下床，打开壁橱的门，黑暗扑面而来。我小心翼翼地坐进去，俯在膝盖上，哭不出眼泪来。想起父母分开的那个盛夏，想起他们争吵的日子，想起我拼碎片的日子，想起格想陪着我走过的日子，想起认识朔其的日子，想起孤儿院的孩子。为什么我拥有如此纷繁的回忆却依旧感到孤独。我是希望蒸发成云的，飘落在半空中，无路可退。

客厅大门突然被打开，而后有脚步声传来，紧接着，壁橱的门被粗暴地打开。光芒长驱直入，刺得我睁不开眼。

格想一脸严肃地看着我，你多大了，还在玩这种游戏？你忘了你是怎么答应我的？我不过离开一个月，发生了什么？

朔其辩解道，格想，她不能说话。

我转过头去，眼泪不断地落下。

格想蹲下来，一字一句说得清清楚楚，小夜，我不知道发生了什么，对不起。但是，如果你不说，谁会知道？或者，你认为你应该独自承担。现在，要么你从里面走出来，要么永远把你自己锁住。可是，今后你便无法在任何人的面前抬高姿态。

我把脸放在格想的肩膀上，失声痛哭，格想，我只是想离开。

她轻啜道，你不觉得累吗？小夜，没有人逼你的，你太不相信

别以 **失恋** 的借口爱我

你自己了。还记得那年夏天的碎片吗？我知道其实你一直放不下，那些下坠的碎片落进了你的心里，开花，结果。把自己放出来吧，既然你都看得到朔其的底线，为什么看不到自己的海市蜃楼呢？我们每一个人并不能完完全全地靠自己的力量走完全程，总有一座小屋让你停下来喝茶，看风景。小夜，现实一点吧。你把自己逼成这个样子，也无济于事。

格想，我母亲今天结婚。良久，我开口道。

你早就知道会有这么一天的，现实的沉重远不如此。你是个明白人，但是放不下。

格想，我真的都很了解，可是我做不到。

无论如何，我和朔其都不会离开你。你要相信，这个世界上还有人爱你，我们需要你。小夜，走出来吧。你这样锁住自己，快乐吗？真的安全吗？

格想，我不知道怎么做。

朔其递过来一张照片，是在青岛拍的那张。他说，你看你都知道吮吸自己的伤口，为什么不能做到不去碰它呢？一切都会结束的，没有什么大不了。让时间带走它们吧，别再抓在手里死死不放。你这样用力地抓住它们，总有一天它们会死在你的手里。

我努力露出一个微笑，格想，我想吃饭。

我看见格想哭了，我第一次看见她哭。她说，我们带你走，小夜。

我低头对自己说，我心里的碎片，请你们离开吧。

后来，格想带我去了 S 城。我什么也没有多说，下车的时候天空飘着细雨。格想说，你可以在这里停留下去也可以回头，一切由你自己决定。

我钻进汹涌的人潮，一个人远远地走在他们前面。我不断地穿过重重的街道，一条一条宽阔的马路，而后仰起脸对着殖民时期高高的洋楼，眼泪一颗一颗掉下来。

回到格想的住所时已是深夜，朔其毫无怨言地跟着我们穿街走巷。我坐在阳台上看 S 城的霓虹闪烁，风从身边越过。格想探头说，冰箱里有吃的东西，饿了自己去拿。我点点头，重新带着耳塞，陷入冗长的回忆。我想，这是我最后一次放纵自己，从此以后的小夜，一定要坚强地活着，无所畏惧，像格想那样。

第二天一大早，我便起床，上街随便走走。在一片繁华的贸易区发现了一座圣母堂，那是被尘世掩盖的忏悔殿堂。大门的花纹绮丽，十字架立在尖顶之上。我停下脚步，十指交叉，划了十字架。然后离开。

中午时分，我已经买好了返程的车票，格想笑着说，懂得离开是你的本分。可是你要记得，我一直在这里。怀念是一回事，胡思乱想又是一回事，分清楚它们的界限。我在 S 城等你。

我转过身，拎起行李，说，我走了，格想。

她立在那里说，回去好好睡一觉，一路顺风。

朔其拍拍我的肩膀，走吧。

走吧。走吧。格想，这次是我自己选择的方向。就算它错了，那我也要坚定不移地错下去。

离开之前我在格想房间的书桌上留了一张字条：如果有一天所有的人都离我而去，你还会不会站在那里等我？

其实我想说，如果有一天我离所有的人而去，你还会不会站在那里等我？

朔其一路上都闭着眼睛，丝毫未曾担心过我。他们是疼我的，所以留给我充足的时间养伤。

朔其一直把我送到楼下，然后拍拍我的肩膀说，上去吧，会好起来的。我们都需要等待。我看着朔其越走越远的背影，突然跑过去说，朔其，我们下个星期去孤儿院。他微笑着，没有说话。

假期结束后，我又出现在校园里。还是会有众多的回忆从四面八方赶来，有时一个普通的姿势就能引着汹涌的回忆奔来。我一遍遍地跟自己说，要坚强，一切都会好起来的。

每隔两个星期我就会去找朔其，与他一同去探望孤儿院里的脆弱生灵。那个时候，我们惟一的快乐是看着柔软的小生灵快乐起来。

冬季过后，学校的气氛日益紧张。我打电话给朔其说，我不能再去芒了。朔其，原谅我。朔其喘着气说，你没有做错什么，不必请求原谅。我们短期内无法见面，你要照顾好自己。压制不是解决的最佳方法，格想她在等你。

我放下听筒，转身看窗外百转千回的春季时光。恍惚记起去年冬季，人潮稀落的东 14 路公车站，名为 Spring 的酒吧。

Sometimes, I only wanted you to be there when I opened up my eyes。

但不是所有的事情都能够自由来去，我们的世界法则太多，要求我们遵循。

春末。那天傍晚，前排的女生回头说，小夜，有人找。我走出教室，竟意外地看见了格想，她一看见我二话不说就拉着我往外跑。好不容易停下来，我问，什么事？你怎么回来了？她依然向前跑去。来不及了，我们现在就打车去芒，车上再向你解释。

太阳西斜的时候，格想平静地说，朔其要去日本了，坐今天的最后一班航班。我的感觉刹那间僵化，只是怔怔地注视着窗外萧索的风景。格想接着说道，他昨天给我发的短信，今天下午才看到。两个月前他在孤儿院里受伤，右手手臂骨折。至于怎么受的伤，我也不知道。

两个多小时后，我们下了车。

灯火通明的机场，极少的乘客待在环境幽雅的候机室。透过宽大的落地玻璃，我一眼看见了低着头的朔其。难道他对芒没有

別以 **失恋** 的借口爱我

任何的留恋？为什么他也能够做到无所顾及，无所畏惧？

我跟在格想后面，匆匆走到他身边。

朔其抬起头来，微笑着说，你们还是赶来了。

朔其，究竟是什么时候做的这个决定？格想发问。

他安定地回答，一个星期之前。

为什么？

不为什么，只是我离开的时间到了。打个比方，比如小夜的放手。

可是你确定你能够像小夜那样决绝地放手。

格想，已经过去 5 年了，我终于走出来了。小夜说得对，我内疚了很长一段时间，仅仅是在耿耿于怀罢了。既然小夜可以微笑着放手，我也可以卸下鼓手的天职，看长街落日，草长莺飞。我编织的骗局不攻自破，薇桑的灵魂不属于这个世界，这不是我们的错。只可惜上帝太早带走了她。

朔其的表情和我在孤儿院见到的是同样的孩子气，似乎他找到了遗失多年的玩具。我又一次生硬地插嘴道，你走了，"暗夜"怎么办？

朔其低下头，又抬起来，说，我把它送给孤儿院的小孩子了。我想，"暗夜"是喜欢那个场所的。我已经不是个鼓手了。两个月前在孤儿院，一个 5 岁大的孩子从二楼摔下来。我下意识地伸手去接，伤到了右手臂。现在，它对音乐的节奏感已然消亡。鼓不再是我灵魂的出口，"暗夜"它不再束缚我的灵魂。至于薇桑远走的那个盛夏，事实上在多年前就该遗忘了。

朔其说到这里，表情是如此的释然。我不知道薇桑是谁，大概就是刻在"暗夜"上的文字所隐匿的人物。登机的通告回荡在灯火通明的大厅里，朔其站起来拍拍我的肩膀说，小夜，你会帮别人找到弥补的方式，也试着找找自己的。我给你写信，明年夏天我可能去 S 城看你们。我最后说一次，格想她在等你。这个世界上你不是孤单一个人。希望你明白。

朔其的选择也是他独自决定的。那么，他真的走出来了，不再是 Spring 里的低调鼓手。而我呢，也许放弃自己苦心经营的面具就能获得重生吧。

我和格想并肩站着，目送朔其离去。

就在朔其的身影即将消失的时候，他忽然转身对着我们做了一个手势，在胸前环绕一圈；而后，再转身；继而同时光一道远离。

格想陪着我游走于芒的大街小巷，走我们走过的路。

关于薇桑，格想用带着哀怜的语气陈述她短暂的生命。那是孤儿院里一个面容清瘦的女孩子，眼瞳漆黑如夜。之所以取名为薇桑是但愿她会像蔷薇和桑树一样美丽和坚强。朔其第一次因为学校的活动出现在那里时就注意到了这个携着夜色的女孩子。她跑过去问朔其，鼓是有生命的吗？

　　然后，朔其在她的手心里写下"暗夜"两个字，告诉她，每只鼓都拥有自己的生命，而朔其的那只鼓叫"暗夜"。年轻的朔其对着更加年轻的薇桑无法心硬起来。薇桑是个被抛弃的孩子，她甚至不知道自己为什么来到这个世界。

　　朔其答应她，总有一天带她去看他的鼓。其实，年轻的朔其不过是学校的小小鼓手而已。朔其不再轻视自己手中的鼓了，因为它是有生命的。后来，他真的成为了一名鼓手。也尽自己的能力攒下了买鼓的第一笔费用，他要和薇桑一起去挑选名为"暗夜"的鼓。他要让薇桑亲手敲击生命的鼓点。好让薇桑明白，世界上还有许多人疼爱薇桑，这其中朔其算一个。

　　那个时候，朔其不间断地去探望薇桑已经两年。每次都在她的手心里写"暗夜"两个字，"暗夜"是薇桑的愿望。

　　朔其 15 岁那年的盛夏，阳光灿烂，薇桑陪同朔其去乐器行挑选"暗夜"。Spring 角落里的鼓就是"暗夜"。他们带"暗夜"回去的路上薇桑一直在微笑，她的手中小心翼翼地捧着自己的愿望。谁都没有注意途中一只鼓槌调皮地滑落。但是薇桑看见了，她不声不响跑回去捡那只调皮的鼓槌，灿烂的阳光照着美丽清瘦的薇桑。

　　她弯腰的那一刻，一辆陈旧的蓝色卡车迅速驶来。薇桑握着崭新的鼓槌，脸上还有笑容。或许是她生命里的裂痕太多，所以上帝在她实现自己的愿望后，接回了她。送往医院的路上，10 岁的薇桑停止了呼吸。她在死前做了这样一个手势：手指交错，在胸前环绕一圈。停止。

那以后的三年,朔其都沉浸在深刻的自责中,不能回头。他以"暗夜"为赎罪的工具,为薇桑和自己耿耿于怀。

格想叙述完几年前的薇桑,掏出一只鼓槌递给我,说,这是当年薇桑为此丢失性命的鼓槌。朔其嘱咐我送给你。我小心翼翼地接过来,沉默着走回家。

那个叫做薇桑的女孩子,她漆黑的瞳孔是否依旧。

我听见格想在我的身后喊,小夜,如果有一天所有的人都离你而去,我还会站在原来的地方等你。

两个星期后,我收到了朔其的来信,随信寄来的还有照片和一些颜色绯红的花瓣,照片上的朔其笑容温和。

我知道,朔其已经放弃了一个鼓手的天职,潜心阅读生活的质朴。

母亲的新家我去过一次,看见他们一家人幸福美满的样子,我感到很欣慰。

如今,我仍会在每个星期天去看望"暗夜"和孤儿院里善良单纯的天使。尽管课业的繁重让我疲惫不堪,可是只要一想到我和格想的愿望,我就会坚强地支撑下去。walkman 里的鼓声断断续续地流转,薇桑的愿望,朔其的信仰,格想的等待都是鼓声,是孤儿院角落里"暗夜"心脏的振动,是"暗夜"生命的落点。

所有的一切都会好起来的,人潮稀落的东 14 路公车站也重新开通。我守着薇桑心爱的鼓槌,努力忘记自己的伤痛。记忆里 14 岁黑暗空间下坠成为碎片的绝望被薇桑的鼓槌轻易击败,我也应该放自己出来了。

10 岁那年远走的薇桑是个自出生起就无法开口说话的女孩,她听不见汽车喇叭的示警。

手指交错,在胸前环绕一圈。

这个手语的意思是:幸福。

别以失恋的借口爱我

也许，幸福与否，终究与爱情无关。

也许，在人生的路口，往往，爱情向左走，幸福向右走。

遇见七七的时候，我真没敢想我和她会有什么，虽然我知道她在看我。

只是觉得这女孩真漂亮。尤其是她那双眼睛，静静地看着你时，清澈透明，好像会说话。

渐渐地碰见她的次数多起来，每次见面我们都会对视，然后匆匆把目光移向别处。

每次看见她的眼睛，我就会心跳加速，呼吸困难。

于是我开始到处打听她的消息。

终于，我通过朋友的同学的朋友，知道了原来她就是七七。

在那之前，我听说过很多有关七七的事情。我那些朋友们大都喜欢谈论她。据说她是学校里惟一成绩保持在理科的前十名的女孩。当然，他们之所以讨论她，并不是因为这个，而是因为，她是公认的美女。

当然还有一些负面的评论，比如，她很骄傲，比如，曾经有男生为她大打出手，后来被学校劝退……

那个时候我对这些事情嗤之以鼻，听过了，却并不好奇。

我是体育生，也就是大多数人眼中的坏学生。专项是篮球，位置是得分后卫。说起打篮球，我可是一点都不含糊。我自信至少在市里，我都算是数得着的后卫。

在遇见七七之前，我一直只想好好打球。

我只是奇怪，不大的校园，为什么直到高三，我才第一次遇见她。

我在场上打球时,也会有不少女生来看。在我投 3 分的时候,时不时还会有人尖叫。

我却不看她们。因为,第一,我打球不喜欢别人打扰;第二,我觉得她们很俗。

但是七七不一样。

她给我的感觉就 4 个字:清新脱俗。

用滥了的 4 个字。

或者肉麻一点,她就像童话里的小公主。

我开始喜欢每次见面的时候盯着她看。我喜欢她在走路时,那种高高在上、不可一世的感觉;也喜欢她在跟其他女生一起时,爽朗的笑声和银铃般清脆的声音。

我们的目光经常相遇,她却不躲避。每次先脸红的那个都是我。

我开始觉得自己有点希望。

在遇见她的第 23 天,我拦住了她。

那是个晚上,天上没有月亮,也没有星星,不像小说里写的那样浪漫。

她穿着一条可爱的连衣裙,瘦弱得让人心疼。

我坐在她身边,闻到她身上淡淡的香气。

这个时候我才第一次仔细地端详她。

她真的很漂亮。就像精致的瓷娃娃,干净、柔弱,好像不小心保护,就会弄碎一样。

我说我叫姜问。

她说，我知道。我是七七。

我说，我也知道。

她于是侧过脸来看着我，明亮的眸子在微弱的灯光下闪烁着，我想起古代传说中的夜明珠。

我忍不住低下头，吻她的额头。

44

那一刻，我有种触电的感觉。

她却转过头去。再看我的时候，泪水在眼眶中打转。我看得出她在拼命地忍着眼泪。我忽然明白她是个与我一样倔强的孩子。

泪水落下的瞬间，她说，你以为我是那种随便的女孩吗？

很多年以后，当我想起她落泪的瞬间，那幅画面，都会凄美得让我心疼。

我说过我也是个倔强的孩子。我开始整日守在她必经的路边。每次看见她，她都冷冷地走过，脸上没有任何表情。我也默默地望着她，并不言语。

我就这样守了两个月，除去训练、吃饭和睡觉，我每日都在路边等她。

也有女生过来搭讪，我便恶狠狠地骂，滚远点。

我变得暴躁，但我什么都不在乎，只要她肯再理我。

某一天，她经过我身边的时候忽然停了下来，幽幽叹气，何必呢？

我低头看她，说，我喜欢你。

我从小就是个沉默寡言的人，并且喜欢安静。

可跟七七在一起的时候，我喜欢听她叽喳地说个不停，看她薄薄的嘴唇不停地开合，喜欢把她抱起来转圈，听她惊慌的尖叫声。

大多数时候，她是个可爱温顺的女孩，喜欢在我怀里撒娇，像淘气的小猫。

生气的时候，她会撅嘴，说，哼，我生气了。

我会问，那，怎么挽回？

她会想出好多稀奇古怪的点子。比如，她会让我买有樱桃小丸子头像的笔记本送她。我常常会因此跑遍大小超市。

我在很久之后才知道七七跟我们是不同的。

之前我只是奇怪为什么她会有个弟弟。每次问她，她都会含糊地搪塞过去。

直到冬天的一个晚上，她在我面前昏倒。

我才知道她有心脏病，不算严重，却足以影响她正常的生活。

我才知道为什么她那么瘦弱，为什么脸色总是苍白，为什么双手永远寒冷。

我才知道她每天都要喝中药。难怪她那么喜欢吃糖。

我紧紧地抱着她，想把我全部的温暖给她。

我暗暗发誓，我要让这个女孩一辈子都幸福。

她的父母都是普通的工薪阶层，家里又有两个孩子，家境很是一般。她不是那种崇尚物质的女孩，而且她的漂亮也是不需要修

饰的。

只是，很多时候，我会看见她盯着其他女孩的鞋子看。

那些女孩，都穿着 CONVERSE 的帆布鞋。

我忽然想起，她说过她喜欢徐静蕾。而徐静蕾，就是 CONVERSE 的形象代言人。

我开始去打野球，悄悄攒钱。

46

很多时候我会想，这样漂亮、聪明的女孩，为什么不能拥有最好的东西？

我永远记得我把鞋子给她的时候，她笑得像个几岁的孩子。然后眼泪没有防备地落满一脸。

我说，七七，让我疼爱你一辈子。

她抱紧我说，至少这个世界上，我还有你。

我一阵阵心酸。

那个时候，已经是高三的春天。她模拟考试的成绩很理想。我知道她从小的梦想就是做翻译。而她的成绩，就是去最好的外语学校，也很有把握。

而我……

我是个男人，就算达不到她的高度，我也不想与她相差太远。

我开始没日没夜地练球。

每天晚上，我都会在她的教室外面看她自习时专注的表情。可爱而明亮的眼睛，很多时候会深邃起来。

然后我到球场练习。

她是不知道的。

离高考越来越近,七七问我,我们将来怎么办?

我摸摸她的脑袋,说,傻丫头,你好好学习就好。

她会歪着脑袋想一会儿,说,没关系,你去哪里我就跟你去哪里。反正不准你丢下我一个人。

我笑,却不说话。

有天晚上,我在篮球场练球。忽然球场的灯灭了,我恰好也有些累,就坐在场边休息。那天同样是没有星星也没有月亮的一个晚上,我想起了七七。

但就在那个时候,我听到了她的声音。

还有一个男生的声音,有些耳熟,却一时想不起是谁。

他们的脚步声越来越近。后来在球场旁边的台阶上坐下来。

天很黑。我就坐在离他们不到 2 米的篮球架下面。

他们没有回头。一直在说话。

我不会喜欢你的,你放弃吧。七七的声音,还是那么好听。我知道我在微笑。

为了姜问?那个男生问她。

很安静。我知道她在点头,想起她用力点头的可爱表情,我还是微笑。

他能给你什么呢?什么都不能。而我可以给你你想要的一切。

我听得出他很着急。

我知道。七七那可爱好听的声音又响起。可是,家轩,姜问能给我幸福,我爱他,所以在他身边,就算生活清贫,我也会觉得很幸福。

我忽然记起了这个男生的声音。

从操场回去,我一个人喝了一晚上的闷酒。

陆家轩,那个三年来学校所有大型活动的学生发言代表,不亚于我的身高,棱角分明的脸型,几乎就是学校所有女生心目中的白马王子。

他家境很好,爸爸是市委书记,妈妈是市里有名的商人。有一次,我亲眼看见他开一辆本田来上课。

他是市高中组的网球单打冠军,我去校长室放我们队的省冠军奖杯时看见了他的奖杯。也就是说,他身体也很棒并同样擅长运动。

最重要的是,他是连续三年的理科第一名,保送清华大学。

而我……

天亮的时候,酒瓶划破了我的手。

血一滴滴落到地上。

我不觉得疼,只是满心的苍凉。

有些事情,不是七七该知道的。

高考的那天早上,我在楼下等七七。

48

看见我的时候,她还是一脸甜蜜的微笑。姜问你要加油啊,她对我说。

七七,能告诉我你究竟为什么喜欢我吗?

因为、因为第一次看见你,我从你的脸上看到了我的表情。她看着我,明亮的眼睛在阳光下清澈见底。

我终于明白,原来,她也早就知道我。我们都是倔强的孩子。

高考分数下来的那天,我约七七在公园见面。

我带了一个女孩一起去。她是个模特,1 米 78 的身高,身材完美。

在她面前,七七就像个小孩子。

我对七七说,这是我的新女朋友。

我看见她明亮的大眼睛一点点暗下来。她看着我,忽然蹲下去,呜咽着说,我不相信,姜问,我不相信。

她看上去就像一只受伤后的小猫。我的鼻子很酸,我很想把她抱起来,永远不放开。

可是,我却对她说,别傻了,你以为我真的喜欢你吗?我只是用你来证明自己,证明自己什么样的女孩也能追到,就是这样。

真的吗?她抬头,好看的眼睛里,满是眼泪。

我狠狠心,用力地点头。

然后我拉着那个模特的手,扭头就走。

七七从后面抱住我,不要离开我,姜问,不要走,好吗?我有什

么地方做得不对，我改，好不好？我以后不再任性了，好不好？

我感觉眼泪就要掉出来了。

我粗暴地推开她。大声吼，你还要不要脸了，我都不要你了，你还缠着我干什么！

我看见她的脸色越来越苍白，我忽然记起她的心脏病，心里揪紧了，真怕她承受不住。

然后我看见她咬住嘴唇，倔强的表情一如从前。

那好，再见。

这是我的天使、我的公主给我的最后一句话。

她转身慢慢地走远。

我身边的模特说，这么好的女孩，为什么要放弃？

我看着她，长长地叹气，爱她，所以放手。我说。

暑假快结束的时候，我回宿舍收拾东西。看见七七的班主任，我过去问，老师，你们班上的七七去了哪里？

他看着我，有些诧异，还是说，去了北外。

我笑了，好，好，北外好啊。

然后我转过身，泪流满面。

我说过，有些事情七七不该知道。

我站在我们相遇的地方，忽然大声地喊，七七，我爱你。

惊起一群麻雀。

我大笑。记起第一次看见七七，她倔强的表情，明亮的眼睛。

就这样，我放弃了她，放弃了一生中我惟一的爱。

那年的夏天，我去北京参加健身教练的培训。

在国贸前等朋友的时候，我看见了七七。

她还是那样漂亮。略微胖了一些，脸色也不再苍白，穿一件VE-ROMODA的桃红色吊带，修长的双腿在LEE的牛仔裤装扮下更加迷人。

然后我看见陆家轩靠在一辆红色的现代跑车边等她。

七七看着他，脸上是平淡却温馨的笑容。

我忽然想起童话结尾特爱用的一句话，从此王子和公主过上了幸福的生活。

我呆呆地看着他们，甚至没有发现朋友的到来。

朋友拍我的肩膀，说，嘿！不是吧！被美女迷成这样？不过这妞是不赖。

我给他一拳，他躲开。

我们嬉笑着离开时，我回头又看了她一眼。

眼泪差点又落下来。

她穿的还是我给她买的那双帆布鞋。

许多年前，那个晚上，那个美丽的女孩，如今还会为一双不到200块的帆布鞋落泪吗？

那天，我想，如果现在七七还跟着我。我根本没有能力给她买那些名牌的衣服更不用说跑车了。

我还是个卖体力的打工仔。

而她，应该已经是那种所谓的白领阶层了吧。

终于，她可以用同样美丽的东西来装扮美丽的自己了。

我开始确信，自己当初的放弃是正确的。

也许，幸福与否，终究与爱情无关。

也许，在人生的路口，往往，爱情向左走，幸福向右走。

很多时候，我们选择了其中一个方向。

而心，却留在了另一个方向。

你那里下雪了吗

她一直幻想着有这么一天，可以有雪，可以穿着白色的衣服，可以站在干净的雪地里，涂着苹果口味的口红，和一个人……

仝童吃着苹果走进这所全市最著名的高中，门口负责迎接新生的高年级男生看了她一眼，她伸了伸舌头，迅速把手藏到身后。

布告栏上登着班级分配名单，看着那黑压压的一片脑袋，仝童远远地站在圈外悠闲地啃苹果。一个男生用好听却高八度的声音，指着一个名字跟旁边的人说："你看这个人的姓多怪！'人工'？是不是写错了？姓'全'吧？"周围的人都笑了。

一个女生很小声却很清晰地纠正说："那个字念 tóng！"

说话的人就在仝童身边，大家的目光全集中在她身上。仝童看着她，苹果放到嘴边，竟忘了吃。

她实在太美了！她的头发、她的眼睛、她的鼻子、她的嘴唇、她那条淡蓝色的裙子，无一不彰显着她的美丽，高不可攀的美丽。

那男生也回过头来，寻找着说话的人，仝童的目光落在他的身上。他很高，留着短短的头发，穿着白色的棉布衬衫，眼睛里闪过一抹不易察觉的愤怒。他的目光扫到穿淡蓝色裙子的美人的脸上，那抹愤怒立刻消失了，甚至还有一点点惊慌、一点点害羞和一丝不知所措的柔情。仝童看着他的表情，心里涌上一股怪怪的感觉。为什么他的目光扫过自己就像什么都没看见一样？为什么那感觉就像雪花飘到脸上，融化了，留下那么一丝凉意，一点失落，自己却还不忍心怪到雪花头上？

他一定没见过真正的雪，仝童想。这里怎么可能下雪呢？只有北方才有雪啊！可我为什么会想到雪呢？雪到底是什么样子的？

认错字的男生叫齐宇,坐在最后一排,与仝童的距离有两米半。这是仝童无数次用鞋子测量过的距离。那个美人叫李维维,坐在仝童旁边。齐宇距离李维维280厘米,这是他在放学回家的路上经常对仝童说起的一句话。

"仝童,你和李维维换一下座位吧!老师不会看出来的!"齐宇总是这样恳求她。

"我为什么要换座?我不!就不!"仝童负气地把自行车骑得更快了。

"仝童,你就换一下吧!换一下就近了30厘米呢!我立定跳远就能跳过去了!两米八我实在跳不过去啊!"齐宇追上来说。

"你自己找老师说去,让我和你换座,那样你离得不是更近了?"

齐宇不明白,仝童不是他的"哥们儿"吗?怎么连换个座的小忙都不帮呢?

第二天仝童在操场练长跑的时候,赫然发现几乎天天踩着上课铃进教室的齐宇,竟早早地来到学校练习跳远。那一刻,她才明白,原来一个人为了自己喜欢的人,是什么都肯做的,即使是没有用的事情。

仝童围着操场跑啊跑啊,脸上流着的不知道是汗水还是泪水。累了吗?痛了吗?呼吸中为什么弥漫着酸与涩?为什么目光还在情不自禁地搜索着那个一跳一跳的身影?原来,为了一个自己喜欢的人,真的是什么都肯做的。

全童和李维维换座了，从此齐宇和她的距离变成了两百五十厘米，齐宇望着李维维的时候，目光再也不会从她身上滑过了，那热切的目光，她现在连余温也无法分享到了。

放学的时候，齐宇请李维维和全童去吃冰激凌。理由是，由于她们互相调换了座位，他上课的时候视线再也没有阻隔了。全童知道那是齐宇的借口，可她还是高高兴兴地答应下来，极力怂恿李维维去。

我在干什么啊？全童盯着化学老师的背影问自己。难道我真的喜欢他么？如果不是，知道他喜欢李维维时，我的心为什么会那么难受？如果是，那我为什么还帮助他追李维维？

激凌淋店里，齐宇问她们喜欢什么口味的。李维维说香草，全童说苹果，于是齐宇捧回了三个香草冰激凌。望着齐宇手里毫无分别的冰激凌，全童的心一点一点地塌陷。

说不出那冰激凌是什么滋味。应该很甜吧？不然李维维为什么会笑得那么开心？全童静静地看着他们，找不到自己继续坐在这里的理由。一个是篮球队队长，一个是超级校花，他们的学习成绩永远霸占着年级的前两名。自己又算什么呢？连丑小鸭都算不上！丑小鸭还有变成白天鹅的一天，自己呢？李维维也是喜欢齐宇的呀，她脸上的红晕不就说明了一切么？自己还有什么理由继续呆下去呢？

可是，全童还是坐在那里，像个傻瓜似的，吃着平生最难吃的冰激凌。酸的、苦的、无望的，还有那么一丁点儿靠想像才能感受到的模糊的幸福。齐宇坐在她们对面，他的眼睛那么明亮，她感受着那炽热的光芒，不属于她的光芒。

为了这束光芒，她愿意痛一点，痛一点，再痛一点！她相信自己是足够坚强的。

在这样一所名校里，禁止早恋是被写进校规的，齐宇和李维维的恋情只有仝童一个人知道。仝童是他们的红娘，他们的通讯员，他们的挡箭牌。他们之间无论有什么事都靠仝童传递，即使放学回家也是三个人一起走。

"真好笑！到底是几个人在谈恋爱啊？"每次把李维维送回去之后，仝童都要这样抱怨一下。

"为朋友两肋插刀！仝童，这话你总听说过吧？"李维维不在的时候，齐宇是爱开玩笑的，他总是故意把仝童的名字叫错，逗仝童生气。李维维一出现，齐宇就像换了一个人，变得那么拘谨，那么小心自己的一言一行，生怕配不上维维的高雅美丽。仝童喜欢松弛下来的齐宇，那样的他才是真实的。

其实仝童又和齐宇有多大的差别呢？愿意为喜欢的人做很多事，甚至愿意改变自己，委屈自己，隐藏自己的感情。喜欢一个人是很辛苦的，而要把这份喜欢掩藏得滴水不漏，就更加辛苦了。

在寂静无人的教室，把课桌椅搬开，用鞋子量出他们之间的距离。一共 12 脚，比原先多了不到一脚半。仅仅一脚半的距离，却

已经远过天涯海角。

高二,李维维选了文科,齐宇和仝童继续呆在理科班。这样的日子对齐宇来说是一种折磨,对仝童来说就更是,她简直无法忍受齐宇一有空就和她念叨李维维了。

仝童真的很想知道,在这个别人的爱情里,她究竟在扮演一个什么样的角色呢?

高三学生就如同陀螺,只会围着高考打转。大约是老师"良心发现"吧,破例决定在圣诞节这一天举行联欢会。那天大家玩得都很高兴,一直到晚上 10 点多钟。

不知什么时候天上开始飘起了冬雨,风一吹就冷风嗖嗖的。没有了老师的监督,齐宇变得大胆多了,拉着李维维的手冲进雨里,笑着叫着。仝童盯着他们紧握在一起的手,觉得心变成了一张纸,被一只大手猛地攥紧,揉成一团儿丢到地上。

"仝童!你傻愣着干什么?快来呀!淋雨可好玩呢!"李维维像个快乐的小天使,站在雨中冲仝童叫着。

"淋雨去喽!"不知什么时候,齐宇已经跑到仝童身边,一把拉起她的手,把她带进雨中。仝童的身体像一只摇摇欲坠的风筝,被齐宇那么牵引着,奔向雨,奔向稍纵即逝的幸福。

就这样被他拉着了么?仝童感受着那只手传过来的温度,有种梦幻般的幸福。多少个不眠之夜,幻想过被他牵手的感觉。她以为那种感觉会很奇妙,会让她脸红心跳,会让她莫名其妙地激动半天，会让她甜蜜得发笑……奇怪的是，她只是在那一刹那间惊慌了一下，没有奇妙，没有心跳，没有激动，也没有发笑。她看着他们的手拉在一起，仿佛要自己的眼睛告诉自己：这不是我的幻觉，这是真的！

这样她就能真的幸福了吗？

李维维如愿以偿地考上了复旦，仝童考到了北京——她梦想中可以看到雪的地方。只有齐宇发挥失常，留在了本市一所普通大学。李维维安慰他，只要努力，考研时到复旦来，她在上海等着他！齐宇却只是无所谓地笑一笑，开学不到一周的时间就学会了喝酒抽烟旷课追女生，还差点因为打架被学校处分。

李维维写给仝童的E-mail里总是写满了对齐宇的担忧与失望，她反复地问仝童，我该怎么办？

仝童知道李维维那样一个走到哪里都要被人呵护、宠爱的女孩，能对齐宇这样关心，已经是很难得的了。可她又能怎样呢？除了把一封封表面"正义凛然"，实际却藏满深深爱意的 E-mail 发到齐宇的邮箱里，她真不知道还能做些什么。

齐宇始终没给仝童回过信，连他是否收到，仝童都不知道。但她就是那样固执地写着，每周两封，一些无关痛痒的文字，一些无关风月的爱情。

北方的雪如期而至了，仝童终于有机会在雪地里撒欢儿了！雪！啊，雪！一个南方的女孩儿终于知道雪是什么样子的了！它

没有想像中的美丽，却是那么美好。满世界全是耀眼的白色，齐宇喜欢的白色！

"如果你看到雪，你一定会高兴起来的。整个世界都是你喜欢的白色……"仝童在 E-mail 里对齐宇说。

"我和李维维分手了。"这是他惟一的回复。

分手的理由没有任何创意，因为距离。曾经，齐宇为了短短的30 厘米，那样锲而不舍。如今 6 个小时的火车行程，却改变了一切。

寒假里见到了齐宇，问起李维维，他一副无所谓的态度。仝童再次在这场爱情里扮演起她熟悉的角色，她似乎已经忘掉了自己的感情，忽略了自己的感受，她只希望他们可以和好。

齐宇问她："仝童，你不觉得我很累吗？我为了喜欢她而喜欢她，我都已经不是我了！我知道你们会觉得我是受了打击，所以我堕落了，可你想过没有，也许这才是真正的我！一个身上有各种各样坏毛病的我！我没有李维维想的那么完美，为了她的'完美'，我这个男朋友做得很辛苦。"

暑假里，齐宇和室友一块儿到北京玩，仝童作为"地主"，热情地接待了他们。

齐宇的同学吴畏喜欢围着仝童说话，他虽然高他们一届，但因为曾是高中校友，无形中亲密许多。他总是开仝童的玩笑："仝童，你有没有男朋友啊？仝童，你做我女朋友好不好？"

仝童根本不把吴畏的话当回事。她是有镜子的，知道自己长什么模样,这样的恭维听起来和讽刺没什么差别。可是有一天,当仝童换上一条雪白的连衣裙站在阳光下吃苹果的时候,齐宇忽然跑过来说:"仝童,我发现你现在变漂亮了!"

齐宇说完就跑掉了,留下脸颊发烫的仝童。她宁愿相信齐宇是在开她的玩笑,仝童字典里的"漂亮"永远属于别人,怎么会和自己有牵连呢?

但是,无论如何,事实还是使仝童慢慢地相信了——自己也是可以漂亮的。身边献殷勤的男生多了起来,吴畏的电话邮件狂轰乱炸,就连一向不回复邮件的齐宇也开始给仝童写信了。自己真的是一只丑小鸭吗?真的已经等到变成白天鹅的这一天了吗?

对于身边的男生的殷勤,仝童总是拒绝,她也说不清是为什么。对吴畏也只是淡淡地回应,没什么热情。奇怪的是,吴畏对她的一切情况似乎都了若指掌。圣诞节前,吴畏寄来了贺卡,里面只有一句话:让我给你幸福好吗?

仝童明白了,吴畏是喜欢她的啊,这种喜欢就像齐宇喜欢着李维维,就像她喜欢齐宇一样。她应该接受吗?齐宇的邮件还印在脑子里——现在,我才知道你对我有多好。

现在你才知道么?可是你知道吗?对你的好已经成为我的一种习惯,已经与爱无关了。

南方没有 White Christmas,在北京,仝童迎来了她生命中第一个白色圣诞节。仝童编导的小话剧在礼堂里首演成功,作为"幕后英雄"的她，收到了一束漂亮的玫瑰花。没有卡片，不知道送花的人是谁，仝童嗅一嗅，闻到一股淡淡的苹果香味。是谁这么了解自己的心思？是齐宇吗？

玫瑰花拿到宿舍就被室友"打劫"了。电话铃像跟踪着自己一样地响了起来，果然是找仝童的。

"Merry Christmas！你那里下雪了吗？"劈头盖脸的就是这么一句，好半天仝童才听出这个声音是吴畏的。

"当然下了，羡慕吧？"

"还行，不是很羡慕，没有我想像的那么浪漫。"

"你想像的？"

"打开窗子，看看下面。"

仝童疑惑地把身子凑到窗子跟前——天！他怎么在这里啊？雪地里站着一个人，看不清他的表情，却可以看见他奋力挥舞的手臂和难掩的兴奋。

"感动吧？我可是坐了19个小时的火车才来的！"

"谁让你来了？"

"因为我想见你……"吴畏的声音变低了，接着又马上嘹亮起来，"喜欢苹果香味的玫瑰花吗？"

"是你送的？"这可让仝童大吃一惊，"你怎么知道我喜欢苹果？"

"因为你高中报到的时候就吃着苹果啊！"

"你连这个也知道？"

"因为我从那时就喜欢你啊！"

"你骗人！我那时丑死了！"

"仝童，骗没骗你不重要，关键是，现在有个人，愿意花心思用天底下最美丽的谎言哄你开心。而且这个人还会向你发誓，他愿意一辈子这样'骗'下去！只要你能开心！"

眼睛里好像有水。奇怪，雪又没落进眼睛里，怎么会融化呢？有一个人对自己这样傻傻地好，还能要求什么呢？难道真的要像齐宇那样，等到别人已经不爱的时候，才体会到这种"好"吗？

"仝童，你怎么不说话了？"

"没事。"仝童吸了吸鼻子。

"感冒了？流鼻涕？快擦一擦，要不要我把袖子借给你？"

"你讨厌！我才没流鼻涕呢！"仝童被他逗笑了。

"那就把眼泪擦干吧！我是要给你幸福才来的。"他坚定地说。

他的声音让她的眼前再次升起一团雾气。她乖乖地擦干眼泪，找出很久以前就买下的苹果味口红涂在唇上。她一直幻想着有这么一天，可以有雪，可以穿着白色的衣服，可以站在干净的雪地里，涂着苹果口味的口红，和一个人……

雪地里的人，不是她幻想中的人。但是，那又有什么关系？她已经知道什么才是幸福了。

别以 **失恋** 的借口爱我

63

红花继木

嘉菲的加菲猫流年

周铭目送嘉菲离开，她的马尾辫左右摇晃，一如从前。周铭转身时，忍不住神采奕奕起来，他相信他们的加菲猫会一直一直鲜活下去。

周铭遇见嘉菲是在一个黄昏，春天的黄昏到处洋溢着桃花的美艳晚景。嘉菲在教学楼后面的琴房里练琴，等级考试迫在眉睫。周铭从那里经过，他的脚步不自觉停在婉转的琴声里，那刻，嘉菲弹奏的便是《沉睡森林》的主题曲，一曲美丽的乐章。

后来，周铭就常常会在黄昏故意经过琴房，听嘉菲弹琴。他在那一抹鲜艳的晚霞里远远望着嘉菲认真的侧影，纤指在黑白相间的琴键上跳舞。他想，原来，一个人认真的时候是那么美丽，仿佛轻灵流畅的音符带着阳光。音乐戛然而止时，他便收回目光，假装巧合般地从那里经过。

周铭从死党那里打听到她的名字，嘉菲。周铭即时想起加菲猫，那只搞笑又喜欢恶作剧的猪头猫。他抬头的时候，眼角挂着细密的坏坏的笑意。结果周铭给嘉菲起的绰号"加菲猫"从某条神秘的渠道传进了她的耳朵里。

终于那天，周铭在操场上撞见嘉菲，他们路人般擦肩，身体交错那秒，周铭扫到了嘉菲嘴角拉开的弧线，浅浅的如阳光下的花朵。周铭就愣了愣，走出几步后，他听到有人喊他，周铭。周铭蓦地回身，唤他的人是嘉菲，原来她早已知道了他的名字。她直直地向周铭走去，你知道我最喜欢的卡通人物是谁么？不等周铭回答，她又说，就是加菲猫。

别以 **失**恋 的借口爱我

周铭不好意思地挠着后脑勺,笑纹有些僵硬,那模样傻到了极点。反而是嘉菲,扑哧一下笑得自然,我知道你每天都来听我弹琴。

这一说,周铭更加慌张起来,仿佛躲在一层纸后玩一些小把戏,而如今那层纸被硬生生地揭掉。他结结巴巴道,我,只是路过。可你的琴真的弹得不错啊。

嘉菲抿了抿嘴笑,没办法,我要参加钢琴等级考试。下次如果你再路过,愿意的话就进来听吧。

嘉菲折身笑着离开。周铭的视线忍不住跟随,这是多么阳光的女生,四周花香浓郁,是春天的气息。

2

第二天去漫画社报名时,周铭又撞见了嘉菲。他惊讶极了,脑袋有点蔫。嘉菲睁着双无辜的大眼睛东张西望。周铭有意回避着,却还是被她锐利的眼神逮到,然后,突然窜到周铭位置旁边,喜悦地说,原来你也在这里。

此后,周铭同嘉菲常常碰面。周铭就唤嘉菲为加菲猫,她笑嘻嘻地接受。嘉菲给周铭看她的练习画,大大的 8K 的素描速写本,她双手抱在怀里,笑盈盈地走向周铭,扎起的马尾辫左右摇晃。

嘉菲的画里,全是有名的卡通人物,比如史努比、蜡笔小新等,最多的就是加菲猫。她跟周铭说加菲猫是个坏小子。

周铭听得忍俊不禁。她在一旁学加菲猫的经典语录，周铭眯起眼睛瞄着，这时候的嘉菲虽然没有弹琴时那种专注与柔软的淑女气，但她的笑容依然可爱而调皮，更像一只捣蛋的加菲猫。

离钢琴等级考试还剩没几日，嘉菲便约了周铭去琴房听她弹琴。周铭买了一大袋零食，嘉菲弹几个音符就要停下来拿薯片吃。周铭说，得了得了，这样你还怎么弹琴呀。嘉菲白他一眼反驳道还不是你的错？买零食引诱我不能专心。周铭作势要走。嘉菲撇撇嘴，拽住周铭胳膊，我就开了句玩笑，不会那么小气吧，你。

等级考试那天，周铭一大早起床，给嘉菲打电话。这是他们前一晚约定的，嘉菲怕自己起不来，周铭就自告奋勇说给她 Morning Call。当晚，周铭搜罗了几个死党的闹钟，放在自个儿枕边，一到时间，左右夹攻，他不醒也不成呢。

同寝室的哥们儿不轻不重地嘲讽周铭。周铭翻翻眼批评他们，你们懂啥？这叫红色革命情谊，为朋友上刀山下油锅，两肋插刀，在所不惜。一哥们儿抓了他话中的分歧反问，究竟是革命情谊，还是梁山好汉情谊呀？周铭拉过被子盖上头不再理会他们。

③

4 月，一本漫画杂志举行了全国性的漫画大赛。漫画社组织了成员参加，要尽力拿最好的作品去参赛。

68

　　周铭凑到嘉菲对面组成一组。周铭画画的时候很专注，干净的手指夹着细长的铅笔起起伏伏，灵活承接所有折转。嘉菲呆呆看着周铭，想，原来，一个人认真的时候是那么美丽，仿佛一幅静谧安然的水墨画带着月光。

　　周铭偶尔一抬头，看到嘉菲盯着自己，脸颊就红了。他站起身凑过去看嘉菲面前的画板，却见她的纸上空白一片。他在嘉菲面前甩甩笔问，加菲猫，你怎么了？怎么一笔不落？想交白卷呀？

　　嘉菲眨巴眨巴眼睛，手托住腮帮子，用强调的口气说我在构思呢，你画你的，别吓跑我的灵感。

　　周铭晃晃脑袋，低下眼睛继续作画。天黑下来时，嘉菲敲敲桌面，示意周铭该回家了。周铭急急收拾东西，站起来走路，却险些一个趔趄摔倒。低头看，他的两只球鞋的鞋带竟然被绑在了一起。周铭仰头冲嘉菲吹胡子瞪眼，她一脸得意，扮龇牙咧嘴的鬼脸，扬了扬手里依然空白的画纸，屁颠屁颠地跑了。

　　那个时候，嘉菲的漫画总是停留在卡通上面，每次她给周铭看她的漫画时，周铭都有恨铁不成钢的味道。嘉菲却自得其乐，将加菲猫当成了全部的漫画事业。嘉菲有时会思考一下，曾经她喜欢加菲猫，可也喜欢其他漫画中的小小动物，为什么认识周铭之后自己就开始只迷恋起加菲猫来了呢？

　　周铭的画投去参加漫画杂志的大赛。嘉菲的加菲猫却只留在漫画社的桌子上。嘉菲有点失落，但看到周铭的画时，她又乐开了花。因为周铭的签名旁边有一只小巧的简笔加菲猫，他说这是他的标志。嘉菲摆着讨好的笑，说，周铭周铭，把这个标志转让给我吧，我才是名副其实的加菲猫呢。

4

要准备校庆的活动，其中的项目落实到各个社团。

漫画社来了次集中对新作品的征集。那天，周铭正用彩铅勤奋地画着笔下的人物，某个同学不小心将蘸了黑色水彩的毛笔直接戳到了周铭的背后。周铭欲哭无泪，那是他的新橘黄色汗衫啊。嘉菲跑过来，举起笔在周铭的衣服背后刷刷乱画，周铭急得大喊。

谁知，嘉菲停笔时，传来哄堂的大笑声。周铭不明白究竟在他的背上发生了什么质变。嘉菲借了两面镜子照给周铭看，他一看，差点吐血。嘉菲在他背后画了一只加菲猫，一只不需要涂本色的，橘黄色黑条纹加菲猫。周铭顿时哭笑不得，加菲猫，你画你的原身已经到出神入化、运用自如的地步了哇！

后来，漫画社派了周铭和嘉菲布置展览教室。他们忙了一天，从早上9点到傍晚6点，几乎一刻没停过。原因是，嘉菲总是不满意，一次又一次推翻周铭的编排与设计，周铭小声嘀咕，也不知是不是故意刁难。到后来，嘉菲总算对一个布置点头表示首肯时，天已经暗了。

周铭发挥男子汉的气概，豪迈地对嘉菲说，走，我请你吃肯德基去。她摇摇头，吃不饱。周铭诧异道，怎么会吃不饱呢，我随便你吃，想吃多少就多少。嘉菲不信似的盯着他，他肯定地伸出两指头，说我发誓。边说还边暗暗好笑，女孩子都为了减肥，不会吃太多油炸食品，她能吃得了多少呀！

结果，到了肯德基店里，嘉菲挥手一点，周铭的荷包刹那间就瘪了下去。他看着她吃，鸡米花、汉堡、冰激凌、玉米棒……天，她一口口咬，仿佛每口都咬在周铭心上。周铭自言自语，原来不管是真加菲猫还是假加菲猫，胃口都那么大。难养啊！

嘉菲拿着用沾满冰激凌的勺子打周铭的脑袋，周铭左躲右闪。

6月，双喜临门，嘉菲的钢琴等级证书顺利拿到，而周铭的漫画在大赛中获得第二名的奖励。他们还来不及庆祝，便要紧急投身考艺术学院的洪流中去。

考试完毕，嘉菲郁郁寡欢起来。她感触到分离的氛围。周铭考的是美术学院，而嘉菲考的是音乐学院，他们的分离势在必行。

周铭对嘉菲说，加菲猫……接下去的话就如鲠在喉。他绞尽脑汁不知道怎么开口，未来似乎还不确定，周铭不知道能不能说一些话。他在晚上睡觉前将自己和嘉菲认识的一个学期所发生的许许多多事情一一回味，他觉得这一个学期，比他以往的很多年都要快乐。也许正是因为有了嘉菲。

嘉菲的眼眶红了。周铭忙说，别哭哦，加菲猫是从来不哭的。嘉菲喃喃道，我们就要分开那么那么远了。周铭说，加菲猫，你知道我为什么要在漫画签名后面加一只简笔加菲猫的标志吗？嘉菲疑惑地望向周铭。周铭顿了顿说，因为加菲猫有个优点，就是足够乐观。它的每次战斗都会胜利，所以我们也必胜无疑。

周铭伸出手，想与她握手道别。嘉菲却冲过来，将他紧紧拥抱了一下。周铭目送嘉菲离开，她的马尾辫左右摇晃，一如从前。周铭转身时，忍不住神采奕奕起来，他相信他们的加菲猫会一直一直鲜活下去。

别以**失恋**的借口爱我

雷 鹏

爱情刻在1991

有些事情我们一直无能为力，我们无法猜到每一个故事的结尾。可是1991年的阳光是温暖的，请你不要忘记。苏阳，我很爱你。苏阳，再见。

莫北

我是苏阳。1991年的时候我在小镇上惟一的小学读书。那时我是张扬凛冽的孩子。我喜欢这个西北古老城市中的小镇。到处是古旧的青石板铺就的小巷，灰蒙蒙的老宅子，一眼望不到边际的田野和伸向未知远方的铁轨。13岁以前我一直住在那里。

这一年秋天逐渐来临的时候，我遇见莫北。她站在教室的讲台上。那时她穿一件洗得发白的烟灰色布头裙子。

这是新来的同学。老师微笑着介绍道。班里开始响起掌声笑语及各种嘈杂的声音。然后她默默地低着头，快速走下讲台，坐在了教室的最后一排。她成了我的同桌。

清晨温暖和煦的阳光透过旧而破的玻璃窗倾泻在她的脸上。我看到了阳光中她脸上的落寞。

很多年以后我在想，原来很多时候我们是无法预知未来会怎样的。我们永远不会了解下一步会发生什么，我想我们终究只是平庸的人，我们猜不到每一个故事的结尾。因此只能承受。

父亲的死讯来得很突然。车祸这个字眼对于柔弱的母亲来说无疑是几近崩溃的打击。1991年北风凛冽的深秋，我的父亲，我和母亲最爱的那个坚韧的男人，就那样匆匆地离开了我们。

黄昏的那个下午，灰白色的天空开始变得容颜模糊。我在父亲的坟前沉默着。然后我听见哭泣的声音。我转过身去，看到了

那个熟悉的身影。莫北，我叫她。我看到她挂满泪痕的脸颊瘦而苍白，烟灰色的布头裙子满是灰尘。

你怎么哭了，我说。她紧紧地抿着嘴，沉默着不说话。

很晚的时候我送她回家。她趴在我的背上，她的眼泪顺着我的脖子缓缓流下。

她和她的姥姥一起住。那是个看起来安详而温和的老人，虔诚的佛教徒。她爱怜地抚摸着莫北的头，眼中充满叹息。

莫北一直是冰冷而沉默的孩子。她甚至拒绝用言语同别人交流，包括老师。她们说她有严重的自闭症。可是她坐在我的身边，她对我说，我是莫北。

班上的男生开始欺负她。他们扯她的头发，弄脏她的衣服。她从不反抗，她只是冷冷地看着他们，是寒彻骨髓的冰冷。可是我心里竟然有疼痛的感觉。

当我厌恶的男生再次欺负莫北的时候，我不知怎么了，红着眼睛抄起板凳狠狠地砸在了他的头上。鲜血染红了他的脸。其他男生一拥而上，一场混乱的打架场面。女生们尖叫着逃走，有人开始叫老师。

莫北静静地站在角落里一声不吭，沉默着，沉默着。我看到她的眼泪顺着脸颊流下。我看到她冲我微笑，笑容甜美而忧伤。

她冰冷的小手抚摸着我的脸，那里的伤痕隐隐作痛。她忧伤的脸庞布满泪痕。我冲她微笑，我说莫北没事了，他们以后不敢再

74

欺负你了。

莫北凝望着我。很久之后她摘下脖子上一直佩带的项链给我。那是一枚用细绳子穿起来的银色戒指。她把它套在我的脖子上，她说，苏阳，它是妈妈留下的，我想她会保佑你。

阴冷的风穿堂而过，吹在了我们单薄而年幼的心里。

一年后大雪纷飞的寒冬，莫北的姥姥因病去世。然后一个高大挺拔的男人接走了她。那是她的父亲。

我去送她，没有过多的言语。苏阳，你不可以忘记我。她冲我微笑。

嗯。我会想念你。我说。大片大片的雪花落在我们的身上，她转过身去，我看到了她眼神的黯然。它刺痛了我心里那些柔软的忧伤。

我是在 1991 年寒冬某个黄昏的午后，看到莫北在课桌腿上刻下的字迹。只有 4 个字：我爱苏阳。

郑颜

当 1996 秋，枯黄的叶片开始大片大片掉落成堆的时候，郑颜羞涩地对我说她喜欢我。

那年我们 16 岁。

"我说我爱你，你就满足了；你搂着我，我就很安详。你说这个

城市很脏，我觉得你挺有思想；你说我们的爱情不朽，我看着你，就信了。"

在一个淡漠男人忧郁的歌声中，我们一起牵着手，一起观望这个城市古老的城墙和靡丽的夕阳；一起聆听这个古老城市日复一日的暮鼓晨钟，一起相拥看着这个落寞的人间。

莫北偶尔会寄来没有地址的信件，里面是简单的卡片和黑白色的风景照片。她说，苏阳你不可以忘记我。我想起 1991 年的她，瘦而苍白的脸庞，冰冷而沉默，穿着洗得发白的烟灰色布头裙子，在人群中，显得孤单、落寞。

我曾是那样地心疼她。

母亲渐渐从父亲离开的阴影走了出来，我想她是坚强而聪慧的女子。4 年来，她开始经营生意，并且有了属于自己的店面，家境逐渐好转。她带我到城市里很好的中学读书。经历了多年的风雨沧桑，她看起来有些憔悴。她说，苏阳，你要好好的，你就是我全部的信仰。

我看着我的母亲，我深爱的女人。她的微笑坚韧而温和。

莫北送我的项链我一直戴在身上。那个细绳子已经开始发白，我没有换掉它。我想有些事情是注定永远忘不了的，就像她在 1991 年刻下的我们最初最纯美的感情。它是会在心里生根发芽的。

我依然冷漠而桀骜。我很少同别人讲话，除了郑颜。

她是那样温顺可爱的女孩子。因为我的一时粗暴而黯然哭泣，送我手套时拥有一脸的幸福表情，在漫天飞雪的大街上默默地等待我。很久很久以后，一想到这些我就很难过，我想我是伤害了她，很深的，不留余地的。

年少的爱情里，我们总只是看到了自己。

我想起 1991 年莫北刻下的字迹。那里有我们最初最纯澈的爱情。可是她离开了。

郑颜一直在我身边，不离不弃。

很久很久以后，我站在莫北墓前的时候我就在想，我究竟需要怎样的领悟，才能不再追逐逝去的幸福，不再试着将似水年华留住？

我没有想到我会在小镇的河边遇见莫北。

1998 盛夏，猛烈的阳光洒在她的脸上。她美丽的脸颊依旧瘦而苍白。她穿黑色的宽大 T 恤，旧色的粗布裤子，在河边的大柳树下冲我招手。笑容甜美而忧伤。

北，我一直想念你。我说。

我知道。我想我们彼此想念。可是你还会为我打架弄得一脸伤痕吗？她微笑着。我也笑，只要我还记得 1991 年时你刻下的字迹。

风吹过身边，带来的是 1991 年所有的气味和回忆。

一年后我会回来。你等我。

嗯，我等你。

莫北很快地再次离开，留下了我们惟一的承诺。

郑颜终究成了我生命中的匆匆过客。由于父母工作及移民的原因，她还是搭上了南下新加坡的飞机。她说苏阳，你一直是凛冽而孤单的，可是我希望你快乐，要好好的，你知道吗，你就是我最大的信仰。

我沉默地点点头。

她说我那样地喜欢你。我的眼泪就突然地掉落下来。

这个在 1996 年深秋枯黄的树叶落成堆的时候说喜欢我的女孩子，就这样离开了我。从此天各一方。

我轻松地考进了这个城市最好的大学。

艳阳天下，年华如梦。

陶然

这个古老城市的冬天，树叶会掉光。有个叫聂鲁达的诗人，他说当华美的叶片落尽，生命的脉络才清晰可见。

我想我一直无能为力。我始终猜不到故事的结尾。我只是在想，是不是我们的爱情，也会像这个城市冬天的枝干一样，清晰、勇敢、坚强。

在约定的时间里，莫北并没有出现。

当 2000 年冬天的第一片雪花落在我掌心的时候，我开始疯似的呼唤她的名字：莫北，莫北。我看到 1991 年的莫北，穿着洗得发白的烟灰色布头裙子,站在隔着汹涌人群和车流的马路对面,她在冲我招手,笑容甜美而忧伤。

我蹲下身去,用手捂住脸,难过地哭了。

当又一年春天来临的时候,我终于明白我的等待只是一场空。

我有了女朋友。她是陶然。在夏天来临之前她就已经穿上了烟灰色的布头裙子。我曾经以为我看到了年少时的莫北。可是在校园繁盛的树阴下,她灿烂的笑容如艳阳般没有忧伤,让我感到温暖。我开始变得温和而开朗。在校园幽静的小路上,我们牵着手,像这个年纪所有的孩子一样,彼此拥抱,感受年轻的安慰。

我想我会真心地,静静地去品味,我曾拥有过的那段。

我们一直在等待,等待属于我们的那些东西。直到等来深秋,等过寒冬,等到一切都已经变得太沉重,然后却发现,我们要的就是彼此。可是我们却在一直彼此伤害而不自知。

和陶然在一起的日子是平静安和的,一切都波澜不惊。夏天的时候,我和陶然待在我的家中,拉上窗帘,开足冷气,光着脚坐在地板上,听整盘的 CD 和打口带子。

冰水、苹果和音乐是整个夏天我们所有的财富和信仰。晚上的时候拉开窗帘,看着这个古老城市夜间饱含的激情和繁华。歌舞升平,年华如梦。

送陶然回家时,我在街角的梧桐树下抚弄她的头发,然后我亲吻她。年轻的身体紧紧地依偎在一起。

直到很久以后，我仍会不断地想起，我们经过的青春岁月，我们的爱情，我们曾有过的那份执著和坚忍。

期间我带陶然回过几次小镇。那里的变化很大。古旧的青石板小巷变成了宽阔的柏油马路，一眼望不到边的田野变成了建筑工地，只有那条伸向未知远方的铁轨依然风雨不改地躺在那里，送走一些人，然后又带来一些人。

小学翻新了，已经找不到当年的影子。明亮的玻璃窗，崭新的课桌椅。我的心突然地难过了起来。我最初的爱，它刻在1991年的岁月中，它在1991年是那样纯洁干净。

可是时光带走了它。2002年的年华中看不到它的影子。

 苏阳

我是莫北。

从小我是性格沉默的孩子。我爱我的母亲，可是她却当着我的面自杀。我的记忆里仍有她疯了般的尖叫声和玻璃破碎的声音。我躲在阴暗的角落里，看着刺眼的鲜血慢慢地吞噬了她的身体。她就像一朵盛放的玫瑰。我感到血液留到了我的身边。我慢慢地闭上了眼睛。

1991年秋天逐渐来临的时候，我和姥姥回到了小镇。

这是我喜欢的地方。古旧的青石板铺就的小巷，灰蒙蒙的旧式老宅子，一眼望不到边际的田野和伸向未知远方的铁轨。

我和姥姥住。我很少说话。可是我喜欢听她颂经唱梵歌的声音。她总会微笑着看着我说，北，佛祖会保佑你幸福的。可是我却看到了她眼中的忧愁和哀伤。

在小镇的小学里，我喜欢上了那个坐在我身边的时常沉默的男孩，他是苏阳。

傍晚的时候我在村后的坟地偷偷地哭泣。那时我一直不明白为什么要将我的母亲焚烧成灰，为什么不让她在这里安身沉睡呢？我爱她，可是她刺眼的血液却一点一点向我涌来。我转过身去，然后我看到苏阳在他父亲的墓前沉默。

他轻声地问我怎么了，我没有回答，一直沉默着不说话，手里紧紧捏着那只死去的小鸟。

很晚很晚的时候，他送我回家。我靠在他的背上，那里温热而舒适。我的眼泪就顺着脸颊缓缓地落了下来。

班上几个恶劣的男生开始欺负我，我一直都没有还手。我厌恶他们。我只是冷冷地看着他们不说话。可是那一次苏阳红着眼用板凳砸破了他们的头。我看到血液的涌出，刺眼的鲜艳。

那是一场混乱的打架场面。女孩子们都尖叫着逃走。我静静地站在角落里，眼泪顺着脸颊缓缓流下。我第一次对他微笑。我想那是甜美的。

许久，他说莫北没事了，他们以后不敢再欺负你了。我看着他

别以

失恋

的借口爱我

脸上的伤痕。许久之后我摘下脖子上一直佩带的用绳子穿起的钻戒指给他,我说苏阳,它会保佑你幸福。

在那个寒冷冬天的黄昏,空荡荡的教室里,我用心地在课桌上刻下"我爱苏阳"的字样。我竟幸福地笑了。

可是一年后大雪纷飞的季节里,姥姥去世了。然后一个高大挺拔的男子接走了我。他是我的父亲。

苏阳来送我。我说苏阳你不可以忘记我。然后我很快地转过身去,我不想让他看到我眼里瞬间的黯淡。可是我分明看到了他隐忍的忧伤。

时光

上海是个极其奢华的纸醉金迷的城市。从徐家汇到外滩,从南京路到北京西路,空气中透露着浓厚的物质颓靡的气息。

我的父亲,那个挺拔高大的男子,带给我富足的生活。我一点也不恨他。虽然我的母亲,我爱的那个女人因他而死。

我长成了美丽的女子,但我的冷漠却几乎让所有的人望而却步。我过着富足、平和而简单的生活。只是我时常会想起那个在1991年背我回家,为我打架弄了一脸伤痕的男孩子苏阳。想起我刻在那一年我最初的最纯澈的感情。

后来我辗转打听到苏阳的地址,寄一些简单的卡片和黑白的风景照片给他。我没有留下地址，我只是告诉他，苏阳你不可以忘记我。

1998 年的盛夏我回过一次那个古老而忧伤的城市。我没有想到会在小镇的河边再次遇见他。我在 1998 年盛夏猛烈的阳光下向他招手，笑容应是甜美的。

暖暖的阳光照在我的心里，空气中流动着 1991 年的气味。

我说苏阳你等我，一年后我会回来。

嗯，我等你。他微笑。

那是我们惟一的约定。

可是我最后还是失约了。

冬天的时候，父亲被拘捕了。

警方从他的账户及家中查到了 200 多万的不明资产。在父亲被押上警车的一瞬间，我分明感觉到了他容颜瞬间的悲凉和苍老。我看着这个 40 多岁的男子，突然心里剧烈地疼痛起来。他是我惟一的亲人了。

我最终还是放弃了考大学的计划。我也没有去找苏阳。我不知该如何面对他。

1999 年春天来临的时候，我收拾了简单的行李，坐上了南下广州的列车。

我想，新的生活又将开始了，我会遇见新的人新的事，可是为什么我就那么难过呢？

别以 失恋 的借口爱我

 陈辰

我开始慢慢地习惯了广州这座城市的潮湿闷热，习惯了这里日复一日的快节奏生活。人情冷漠。我做推销，给电台写稿子，在酒吧唱歌。这些都是谋生的手段。

当盛夏猛烈的阳光开始弥散在南方潮湿的空气中时，我想我终于还是错过了与苏阳的约定。

苏阳，我爱你。苏阳，对不起。

我一直在想，我究竟需要怎样的领悟，才能不再追逐逝去的幸福，不再试着将似水年华留住？

陈辰是我在酒吧唱歌时认识的大男孩，他有着富足的家庭。他坚持每晚等我唱完歌后请我喝他调制的饮料然后送我回住所。我很少同他讲话，通常只是笑笑。我亦知这样一个用心的男孩并不多得，可是我想我给不了他什么。

我站在2001年寒冷冬天的时光里，静静感受那些逝去的年华。我看到母亲身上的血液向我扑来，看到苏阳为我打架时脸上的伤痕，我看到姥姥微笑中的忧愁，我看到父亲被押上警车时容颜瞬间的苍老。他们一起向我涌来，流淌在我来不及难过的心里。

"城市已睡着了，只剩下霓虹在燃烧，那是寂寞的符号，黑暗中张狂放肆地招摇。如果我逃不掉，男欢女爱的苦恼，可能是夜色太好，可能是我贪图一个依靠。"我反复地唱着，眼泪一点一点地滑落。

陈辰买 Rvie Gauche 及 Opium 的香水给我。他说，北，你不要再去酒吧唱歌了，我挣的钱足够养活你。我会给你很好的生活，我可以照顾你。

我说，可是辰，我并不爱你。然后我看到了他难过的表情，像个受了委屈的孩子。他的声音充满了忧伤，他说，北，我那样心疼你。

爱情刻在 1991——苏阳

2004 年的春天，我找到了很好的工作。我看着镜子里那个神情淡漠的男子，正在一点一点地消瘦。24 岁，应该是很年轻的吧。可是却怎么感觉突然就老了很多呢？

陶然是很好的女孩子，我打算来年就娶她。我不知道我还可以牵挂谁。莫北？那个在 1991 年的寒冬刻下我们最初纯美爱情的女孩子。可是她已经消失在 1998 年那个盛夏的黄昏。我想念她。可是在我身边陪我的是陶然。我想我爱她。我们的生活是那样的温和简单。

母亲告诉我她打算结婚的时候我并没有太多的惊讶。母亲一个人是很孤单的。那个男人是母亲生意上的合作伙伴，为人爽朗，不拘小节。我想母亲嫁给他应该是会幸福的。

我抚摩着母亲逐渐苍老的容颜，心里一阵阵的难过。我说，妈

别以 **失恋** 的借口爱我

妈，我很爱你。我要你幸福。

我看到母亲眼角的泪水和柔美的笑容。

窗外是快枯黄的叶/感伤在心中有一些/我了解那些爱过的人/心是如何慢慢在凋谢/多想要向过去告别/当季节不停更迭/却永远少一点坚决/在这寂寞的季节……

忧伤的音乐在身边响起。这个古老城市落寞的秋天已经慢慢地来临了。

有个俊美的男孩子找到我。我有些惊讶，我并不认识他。

我是陈辰，他说，我是莫北的朋友。

他说起莫北的时候我心里猛地一颤。

那个在1991年刻下我们最初纯美爱情的女孩子，原来竟一直让我那么牵挂。我急切地想知道她的状况，可是面前的这个男子痛苦地告诉我：莫北死了。

我呆住了，然后我的眼前开始模糊，心剧烈地跳动。我感到自己身上所有承载着有关莫北记忆的青春伤口正在一点一点地迸裂。北，你怎么可以这样离我而去……我喃喃地说着，眼泪无声无息地滑落下来，我的嘴角尝到了咸涩的味道。

陈辰向我讲述了有关莫北在广州的所有。然后他看着我，一字一句地说，苏阳，她是那么地爱着你，可是你却和别的女子在一起，你对不起她。

临走时他交给我一个信封。这是莫北托我给你的。她的骨灰我已经在西安埋葬了。你去看看她吧。

你有什么打算？我说。

他的眼眶溢满泪水。我要回广州，那里有我对她所有的回忆，那里的空气中都是她的气味。我是那样爱着她。

我和陶然一起去莫北的墓地。我告诉了她有关我和莫北所有的事情。

有些事不是我们可以控制的，我们并无力反抗。陶然安慰我，你们曾用心地爱过，这已经是永恒了。

这样一个好的女孩子，我同样爱着的女孩子。北，我想你会喜欢她。

北，你知道吗，1991 年的冬天很冷，可是那个黄昏你刻下我们的爱情的时候，我的世界里艳阳普照。可是现在你却离开了。你怎么舍得我寒冷啊！

北，我爱你。北，对不起。

莫北给我的信封里有一把小刀和一封短信。

苏阳，你知道吗，这把小刀在 1991 年的寒冬刻下了我对你最初的最纯真的爱情，我把它刻在了我的心里。有些事情我们一直无能为力，我们无法猜到每一个故事的结尾。我们只能去承受。

可是 1991 年的阳光是温暖的，请你不要忘记。苏阳，我很爱你。苏阳，再见。

我牵着陶然的手，站在人潮涌动的街口。在靡丽的夕阳下我

看到1991年的莫北，她穿着洗得发白的烟灰色布头裙子，站在隔着汹涌人群和车流的马路对面，她在冲我招手，笑容甜美而忧伤。

我蹲下身去，用手捂住脸，难过地哭了。

爱情刻在1991——莫北

当我再次因为剧烈的头疼而晕倒的时候，陈辰坚持送我去医院检查。诊断结果让他伤心欲绝。脑瘤，晚期。看着他难过的表情，我突然变得很平静。

我知道我的生命已经所剩无己。我拒绝进行那个成功率几乎为零的手术。我就想这么平静地躺着，躺着，一点一滴地追忆我23载的似水年华。

记忆中母亲的温柔和暴躁，姥姥眼中的忧愁和梵音的美妙，小镇上古旧的青石板小巷，那个向我告别时一脸忧伤的男孩子苏阳。纸醉金迷的上海，闷热潮湿的广州。父亲被押上警车时容颜的苍老，陈辰温柔灿烂的孩子般的微笑……

我生命中所有的过往，所有的烙印。

我的苍白年华。

在1991年那个寒冷冬天刻下我对苏阳纯澈爱情的那把小刀，我把它放进信封里托陈辰交给苏阳，虽然我并不知道陈辰是否找得到他。

苏阳，你知道吗，这把小刀在 1991 年的寒冬刻下了我对你最初的最纯真的爱情，我把它刻在了我的心里。有些事情我们一直无能为力，我们无法猜到每一个故事的结尾。我们只能去承受。

可是 1991 年的阳光是温暖的，请你不要忘记。苏阳，我很爱你。苏阳，再见。

我的头很疼，但同时我感到很累很累，我想睡觉了。就这么沉沉地睡去吧。我也许就这样再也醒不过来了。

恍惚中，我看到 1991 年的苏阳，他在我的面前微笑着温和地说，莫北没事了，有我在，他们不敢再欺负你了。

我感到眼角有湿热的液体缓缓涌出。

那是眼泪么？

别以 **失恋** 的借口爱我

一个人的远走高飞

当我抚摸青春的河流，只触摸到无尽孤独的灵魂和无限错开的情感，我在生活里逐渐失去自己原来的样子，以及一切梦想。

1

17 岁的时候,我是高三校园里惟一留着长发的女生,因为书本上旧旧的三毛,是提着长裙散着长发赤脚站在撒哈拉沙漠里——微笑明媚的日光女神。她的身边,有骆驼和小孩,还有亲爱的荷西。也许年轻的时候,仅仅只需要一张照片、一个人的故事,就可以奠定我们对幸福的定义:去自己想去的地方,和相爱的人在一起。

那时候总是喜欢一个人仰躺在校园篮球场边的厚厚的草坪上,看天空,看流云,看鸟群清澈的眼睛。我一直是校园里最不可爱的女孩,从来不会像别的女孩子那样,轻轻地捂着嘴笑,然后蹦蹦跳跳地离开。

篮球场上总是奔跑着青春年少的男孩。那些和女生说话都要脸红的男孩,常常会故意把球扔歪落在我的身上。他们跑过来捡球的时候话很少,笑容却很真。很多年后我还记得那个用球砸我次数最多的男孩递过来的卡片,写着他说不出的话。可是年轻的时候,我只愿意把爱留在心里。

那年秋天考上大学,第一次远行去西安念书。临行时母亲替我准备了厚厚的棉袄和长围巾。在家乡的站台上,我看着南国高朗的秋日天空,雀跃得想飞。母亲笑问我前生是不是鸟变的,否则怎么只一心想着远走?后来在西安的火车站台上送父亲回家,下着很小的雪,雪花落在我纷乱的长发上,无由地叫人伤感。我抱住

别以 失恋 的借口爱我

父亲的胳膊,突然生起那样深邃的离别的伤感:当身边没有你爱的人,这世界有多么荒凉。

　　大二的时候,那个喜欢我的男孩子总会提着一个暖水瓶傻傻地站在女生宿舍楼下等我;而我喜欢的男孩子却拿着玫瑰花站在别人的楼下。所以从那个时候开始,我知道这世间有很多事,命中注定是要错开的。

　　常常在黄昏的时候顺着夕阳落山的方向,在学校郊外那条破旧的铁轨上漫无目的地游走,喜欢我的男孩子有时想牵我的手,我都会惊慌地快步走开。那时候青春年少,我们都不知道如何才能够保护好自己,如何才能够洒脱地去爱,平静地分开。

　　我们常常并着肩甩着手一起走在长长的破旧的铁轨上,看天空中大群大群掠过的飞鸟,扑着翅膀去了我们走不到的世界尽头。我说总有一天我要顺着这条铁轨远走他乡,男孩就说我要陪你一起走。这时候火车开过来了,猛烈的风将铁轨边大片盛放的雏菊冲得像一片柔弱的花海,在破开的风潮里起伏摇晃。在这场剧烈的风潮里,我们陡然间听不见彼此的叫喊,整个世界在刹那间被火车的轰鸣填满——我想,也许成年人的世界就是这样,到最后彼此就会再也听不见对方心里最深刻的呼喊。

那一年的圣诞节，喜欢我的男孩送了我一张去敦煌的车票作为圣诞礼物，而我喜欢的男孩仍然在为别的女孩精心准备礼物。还记得第一次见面的老乡会上，他曾对我说——你的前世应该在古代，情深不渝的年代。他有清明的眸子和南方男子独有的内敛和深厚。也许年少时爱上一个人可以这样简单，被一个人伤害也可以一年、两年、三年地沉默着什么也不说出口；也许他一直明了我的心怀，却聪明地只选择逃避。

我喜欢的男孩在那一年的圣诞节带着别的女孩去北京看雪，所以圣诞节后，我和喜欢我的男孩，一起踏上远去敦煌的火车。西安的天空飘着小雪，天地静默，我的幸福一无所有。

3

那年敦煌的大雪厚得似下了一辈子，我们整日行走在荒凉的戈壁滩上，时时抵膝取暖、呵手成温，宛若刎颈之交。我说我梦里的塔克拉玛干沙漠是三千里风卷黄沙、驼铃响在经幡后的无垠疆土，是生命的极境。敦煌石窟，在大雪的荒原里安静得像一尊佛。我们牵着彼此的手无声无息地深入它的腹地，仰望的时候心律会缓慢得像即将休止的音符。

喜欢我的男孩，始终陪伴在我的身边。每次我转过头，都能看到他的笑容，那么温暖，是大雪里我身畔的一团火，烘暖每一个细

节。曾在仰望天空的时候对他说，如果有一天我要一个人远走高飞，你会不会原谅？他说，那么我会一辈子留在西安，等你回来。如果我不回来了呢？他那么认真地看我，直到确定我说的是真的之后，才说如果你不回来我还是会一直想你。看着他认真的表情我突然想哭，是否前生我也曾这样对他说过，如果想我你会心疼，那么你就决不要再想我。可这样好的男孩，又怎可以辜负。

94

敦煌归来，新学期就要开始。可我所熟悉的校园生活渐渐被一种陌生的面目全非感所弥漫，爱情、大款、时装美容成了女生宿舍里挥散不开的空气。没有人知道，我只想如大鸟一样面朝天空而去，追随它们沿着指引的属于明媚自由的方向。

喜欢我的男孩还在坚持，很多人都说我没心没肺，其实只有他明白，我是真的想要远走。很多话我以为自己可以不说出来，大家都会明白。可是我不说，原来大家就真的不明白。

4

大四，临近毕业。我喜欢的男孩已经出国，喜欢我的男孩也将要出国。每个在我身边谈论未来的人，都在热烈地研究去哪个国度是金钱和学识之间的最佳平衡选择。只有我沉默的表情和我父母空空的口袋在这场狂潮之中是惟一无声的。喜欢我的男孩说他可以在一年后接我出去，我轻轻地拒绝。我说只想按自己的方式去生活，我从没想过要为了谁或者为了什么目的去改变，那样我会厌倦会累的。

　　我开始漫不经心地在网络上写那些驾轻就熟的文字。而我身边那些即将离别的人们，笑容背后隐藏的疏离已真切地说明了我们彼此所投身的生活的真相。这个时代以它飞速改变的外表来证明自己的进步，不容置疑的重重规则将大多数人修剪成灰淡的样子，我只是不甘心做其中的一个罢了。

　　喜欢我的男孩在离开的前夜和我牵手在西安的古城墙下度过毕生最冷的一个夜晚。秋天的寒意在深夜格外逼人。我笑着说不知道今夜会不会下雪，下雪了好，那样离别就没有声音。他只是不说话陪我看着天空。我们一起回忆过往，说从来没有说过的缠绵的情话。他说不论多少年，只要这片天空没有变，他的爱也不会变。

　　我凝望他认真的面孔，想说当有一天沧海变桑田后的天空早已不是如今这片，你是否还会记得起我的样子？可我终究什么也没说，原谅我全都放下了，因为我厌倦过重的名利，我厌倦欲望过重的人生，我厌倦那些要拼杀争夺才可以得到的快乐和幸福。说到底，是我厌倦你将要投奔的江湖。

⑤

　　我始终没有告诉任何人我只是想像三毛那样，走过三十三个

别以失恋的借口爱我

地方，就找一个安静的小镇落脚静听下雪的人。我也始终未曾告诉我喜欢的男孩和喜欢我的男孩，想一个人的时候是非常非常寂寞的。

曾经站在校外那条破旧的铁轨边，在火车轰鸣着驶过的时候，我知道那个喜欢我的男孩曾大声地在风中说"我爱你"！他在巨大的风潮将路边大片雏菊破开时大声地喊这三个字。我听到了，可是到终了彼此都没有再说起。

真的，年少时我只是过于热爱自由，我怀揣远方，只想一个人远走高飞。如今，我在深圳阳光明媚的天空下仍会一个人独自在黄昏走完整条整条的街道，看满街的人流奔向灯火阑珊的方向。我梦里的天涯，渐渐剥离它原来的样子。

在大学的校友录上，我曾留言：当我抚摸青春的河流，只触摸到无尽孤独的灵魂和无限错开的情感，我在生活里逐渐失去自己原来的样子以及一切梦想。

96

心有灵犀

偶尔，只做你指间的红线

潘敏举着那只手，定定地看。小夏盯着他，心里怦怦地跳。多么盼望他能够看一下她手心的后面，看到那寸红线。

1

Ａ大，新生报到第一天。三十多个少男少女高昂的哄笑声刺耳地响起，坐在教室最后面的小夏才诧异地抬起头来。

揉揉因浸在课桌里而昏昏沉沉的头，推一下鼻梁上险些跌落的眼镜，眯着眼向前看。十几分钟前还熙熙攘攘高谈阔论的同学们已自觉排成两排，小夏所选的最后这个位置与两排间隔了一段距离，像孤零零的一叶小舟，屹然独立。彼时午后的阳光透过玻璃窗照在教室正前方站着的惟一一个男生身上：清清瘦瘦的男生，戴着黑边眼镜，上身穿一件白衬衫，皱皱巴巴的，领口处第一粒扣没有系，敞开处是艳艳的大红。小夏想了几秒钟猜到原来是把白衬衫穿在了红毛线衣的外面，把本来小且旧的衬衫撑得鼓鼓囊囊的。小夏想的确是土了一点，只是，大家也没有必要笑得这样激烈。

男生白皙的脸红到脖际，下面的同学仍然在窃窃私语。他的眼睛于慌乱中四处搜寻，那么自然的，和教室这端正对着的小夏相遇。小夏眨眨眼，牵动脸上稍稍僵硬的肌肉，艰难地把一丝尽量温柔的微笑推上脸颊。男生看着她，眼里写满疑惑。小夏想这个时候他也许需要鼓励，就笑着点点头，男生眼里的疑惑更浓了。小夏也疑惑起来，又试探性地摇摇头，男生怔了几秒钟后恍然大悟，清清喉咙说："可能大家没听清，我的名字的的确确叫潘敏。敏感的敏，以后大家叫我小潘或小敏都行。"

小敏,敏感的敏,早就听清了,哈哈,是女生的名字嘛!笑声如暴风雨一样,来得更猛烈了。潘敏的脸涨得通红,眼睛在小夏眼里挪开,回头向讲台后的导师求救。谁料他手足无措回转身的瞬间,又一波的哄笑声震耳欲聋,有几个男生还在嘭嘭地敲打桌面。小夏皱着眉看,原来潘敏后脑凌乱的黑发间,粘着一根一寸长的红线头,远看似戴着一朵精致的红别针。

同学们已笑得前仰后合,此情此景绝对像刘姥姥初进大观园。潘敏又如戏台上的小丑一样木然转过身,小夏盯着他眼镜后面怅然的目光,心里没来由地一疼,遂抿起嘴角,伸出双手,高高举起两个"V",由衷地绽开温暖的笑颜。

楼内的同学都走光了,小夏才慢吞吞地下楼。楼廊里静悄悄的,三楼拐角处闪出一个男生,起初小夏没在意,擦肩而过时,猛然看见了那一点红正在他头上招摇。小夏的心怦然一动,快速抢前两步,抬起手,直落到潘敏的发间,一寸红线便落在手心处。

潘敏"啊"的一声,回头看她。小夏背过手去,瞪着眼眯眯笑。他的嘴角,坚毅,鼻梁两侧,有很多细细小小的雀斑。

他真是又土又不好看,小夏撇着嘴想。

2

晚九点半,女寝。胖胖的海心突然郑重地说:"人不可貌相,那

个土得掉渣的潘敏,高考成绩不只是我们班的第一名,而且是整个95级的第一名呢。"瘦瘦的小梅伶牙俐齿,"那又怎么样?难道你有点喜欢他了?"海心喷出一口漱口水,吹了个口哨说:"当然喜欢,我已经决定把他当我的偶像了。"另一侧的小玲就红了脸,"这哪里像大一的学生啊!"3个女生闹成一团。

　　小夏拉上格子帘,轻轻嘘口气,一天的时光里,只有这个时候才是真正属于自己的。回到安全的小窝,惬意地倚在小熊靠枕上,摊开左手,白嫩的食指上,有一枚金戒指闪着黄澄澄的光。足金,上面镶着一块晶莹的绿宝石。小夏呆呆地把玩一番后,忽而想起什么,把平时用的小兜翻了个底朝天,终于找到了那根红线头,用两指轻捻一下,便知道这是薄薄的开司米线,一种没有多少柔软度,也不暖和的低档品。

　　熄灯前的铃声已拉响,其他3个女生的笑闹还在继续。小梅已说到将来生的男孩要不要和海心生的女孩定亲,如果孩子的父亲是潘敏,她现在就可以拍板同意。小夏轻哼了一声,没有笑,反而有点悲伤,对于太久远的事,她从不抱有任何幻想。慢慢褪下金戒指,把那寸红线一圈圈地缠在没镶宝石的后面,复又戴好,抬起手,细细端详。忽地记起《红楼梦》里薛姨妈说的一段话:千里姻缘一线牵。管姻缘的有位月下老人,预先注定,暗里只用一根红线,把这两人的脚绊住,凭你两家哪怕隔着海呢,若有姻缘的,终究有机会做了夫妇。

灯熄了,寝室里寂静一片,小夏的脑海里断断续续地播放着与潘敏有关的片断……与他,算是有缘吗?

第二天清晨到四楼班级室,却看到潘敏安然地坐在自己的后桌,聚精会神地捧着一本书看。小夏想起昨晚寝室里的玩笑,就盯着他笑起来。潘敏从书中抬起眼睛,见是小夏,温和地笑笑,小夏的脸就红了,规规矩矩在前面坐好。

男导师走进来宣布:经过几天时间的考察,现任命潘敏为九五四班的班长。同学们的眼睛齐刷刷射过来,坐在前桌的小夏却低了头,嘴角是掩不住的窃喜。

3

1995 年,北方大学校园里还没有几个女孩子手上能戴有那么贵重的饰物。小梅偶然拉住小夏的手时一脸惊讶:"好像是纯金的呢!"小夏点点头。小梅啧啧地赞叹着,大喊其他两个人。3 个女生的头聚在一起,逼得小夏不得不褪下戒指。

"是祖传的吧?"小梅问。

小夏淡淡地回一句:"别人送的。"

"到底是谁送的?"小梅生来就喜欢打破砂锅问到底。

小夏看着她们一脸的羡慕与神往,缓缓地说:"一个深深爱我的人,一个我已决定不爱的人。"话说完,小夏一脸的阴郁和怅然。

另外三张脸同时变了颜色,小梅的嘴张成O型,从海心手里抢回戒指,交到小夏手里。空气中流动着莫名其妙的气息。

之后的发展不可想像,小夏突然感觉班上十几个女生和她在一起的时候,有意无意间目光便扫在她的左手上,有如那里长了什么怪异的东西,深深刺痛了谁的心。

那年冬天来得特别早,第一场雪飘落的时候,潘敏收到了从家乡寄来的包裹,里面是3件手织毛衣。这本属正常,只是同他一起取邮包的同学,早就知道潘敏母亲早亡,于是随便问一句这毛衣是谁织的,没想到潘敏瞬间脸涨得通红,紧紧抱着那毛衣,似抱着一团火,嗫嗫嚅嚅地说不出话来。那位同学便大笑:原来是爱情的火焰啊!

当时A大的女生们都迷上了织毛衣,并且织毛衣不仅仅是一件普通的手工,目的性相当明确,通常不是织给自己,织给谁是一个藏于心底的或即将公开的秘密。

晚上熄灯后,每个小窝里都点上蜡烛,那种辉煌的景象,让人感觉一定藏着一个心灵手巧的仙女。小梅肯定地说织给自己,她这样伶俐的女人寻不到心上人。小玲织得最认真,并在小梅的强烈追问下承认是织给在另一个城市的男朋友的。3个女生没想到看似安静内向的小玲,却是寝室四个女生中最早有男朋友的一个。海心为自己胖胖的手选了一副粗织针。小梅笑着问她是不是为偶像织的时候,海心叹了口气说:"据从男寝传来的最新消息,潘敏同

102

乡的一个女孩子熬夜给他织了 3 件毛衣,充分表达了对他的爱。大家只要看看明天潘敏身上穿的就知道了。不过,据说那几件毛衣的手工不好,所以断定,这个女孩子不见得有多美丽。"海心顿了一下,接上一团新的毛线接着织,"可是,我也许比她长得更丑。一点也没有希望了。"海心虽长吁短叹,脸上却没有任何遗憾,这种摆到桌面上的暗恋就像阳光直射下的冰山,一丝阴影也没有。

小夏躲在小窝里,抚摸着刚刚从商场买回来的红色毛线,那种"恒源祥"牌全毛毛线,在灯下泛着温暖的光泽。听到海心的话,小夏的心疼了一下,她没有预料的那种疼。虽然潘敏在她后桌,这些日子却没有说过一句话。现在不得不对自己承认,对他,她自始至终是与别人不同的。

"小夏,你的那件红色的想织给谁呢?"小梅在上铺问。小夏回答:"一个深深爱我的人。"小梅笑:"一个你已确定不爱的人?"小夏冷冷地说:"是啊。我就是织给他。让他更爱我,让我更不爱他。"小夏的声音透着异样,把箍在食指的金戒指褪了下来,缠着线的那部分,便留下白白的一道痕迹。另 3 个女生都住了口,心里想到的,恐怕都是小夏的这枚金戒指吧。

4

潘敏的单人单桌已调到小夏的左前方,上课的时候,小夏每每

注意的便是他白衬衫的衣领和袖口。他是洁净的,今天穿一件棕色的开司米线衣,明日便是黄色的混纺毛衣,后日却是棒线打的灰毛衣。

小夏确定这真的是一个女孩子在匆忙间织就的,因为这三件毛衣颜色杂乱,滥俗,手工很粗糙,线头多,并且针脚没有变化,全是最普通的大平针。小夏的心,就有点酸,并且一点点地冒着泡泡。日子长了,她反而习惯了这酸酸的感觉,如小时候吃的那种酸甜的水果糖,有一种难言的快感。

天空里飘下第二场雪,寝室里还是灯火辉煌,大家都准备在圣诞节前织好了穿在身上。小玲的毛衣已织到快分袖了,虽然上课回来说肩疼得厉害,可到了晚上,还是点了蜡烛接着织。一晚,小夏从梦中醒来,看到小玲墙上影影绰绰的身影。小夏忽然说:"你让我想起我妈妈。"小玲捂着嘴打了一个长长的哈欠:"是不是你妈妈给你爸爸也痴心地织过一件毛衣?"小夏噤了声。小玲接着悠悠地说:"其实,我并不知道,他会不会珍惜。"

小夏长长地叹口气,起身从墙角翻出自己买来的红毛线,乱蓬蓬地团在一起,小夏轻轻地拆开,又缠好,已没织的心情了。

12 月 23 日,小玲的毛衣发了快件寄出去,小梅穿上了粉色的新毛衣,给本来刻薄的小脸增加了不少温柔的色彩。海心胖胖的身体穿上男式的咖啡色宽松毛衣,多了几分可爱和帅气。只有小夏,没有织成一件新毛衣。

25日是周五,学校里每个班级都举行晚会,小夏对穿着灰色毛衣忙忙碌碌的潘敏说:"我晚上有事,请个假。"潘敏点点头,小夏在镜片后的眼睛里,没有找到叫做遗憾的东西。

下午五点,同学们打饭的时间。那么多人看到,954班的徐小夏钻进一辆宝马车中,扬长而去。

5

周一早晨,正做早操的同学们看到了平日里一贯只穿黑色水洗布棉袄的小夏穿着一件红色的长大衣旁若无人地走过,似一团火,招招摇摇。

寝室,小夏脱下红大衣,里面,是薄薄的毛套裙。小梅上前抢过小夏刚刚想扔掉的标签。惊呼着:哇,1800元!天文数字啊,当时一个月的费用也就区区300元。这1800元够用半年啊!而且,这围巾,这大衣,这小靴子,哪一样都要几百元呢。

3个女生看着小夏。小夏笑笑,从包里拿出金帝巧克力,这也是大家平时舍不得吃的东西呢。海心剥了一颗放到嘴里,看小梅和小玲的眼神,便转过头,说,"有点不是味。"小夏忙着照镜子,好像没有听到。

小夏一直在镜前涂口红,小玲最先发现:"小夏你的口红竟然是CD啊!"小夏点点头,认认真真地涂着,之前小夏从没有涂过。

小梅忙上前扫了一眼，"呵，你不爱的那个人买的吧？"小夏冷笑一声说："没办法，谁让他爱我呢！"小梅嘭的一声关了门，走出寝室。之前大家都知道小梅的一管羽西一直是同寝室四个女生的骄傲。现在同 CD 的价位却无法相比。

下课的时候，潘敏从书中抬起头："小夏，你的嘴上擦了什么，不自然。"小夏就怔在那里，捂着通红的脸，去走廊里的镜子前照了一眼，原来第一次涂口红，没有经验，涂到了嘴外边。

第二学期开始，那辆宝马来的次数更多了，有的同学已看到了车内的男人，四十多岁，胖胖的中年男人。每每在周五接小夏出去，周一早晨回来的时候，小夏便穿着昂贵的新衣服，手上是大包小包的日用品和食品。

"像只小母鸡。"小梅趴在窗口恶狠狠地说。海心吓了一跳，走到窗口，远远地看到了从学校大门处归来的小夏，白衣白裙，袅袅娜娜。小玲说："其实，小夏穿这样的衣服真的挺好看的。"

过了几日从食堂打饭回来，走过石板路听到身后有人指指点点，"是她吗？954 班的徐小夏，傍大款的女生！听说仅她手上的金戒指就值一万块啊！"

小夏冷笑一声，快步从她们身边走过，扬扬头，甩甩脑后的黑头发。小夏是个瘦瘦的女孩子，尖尖的下颌，说话时冷冷的表情，漠然的目光，幽幽的口气，像一只特立独行的小兽。

106

大三了，班上多数同学都找到了自己的那一半，只是小夏和潘敏，形单影只。虽说早就传言史君有妇，罗敷有夫，同学们却谁也没有真正见过小夏的大款男人，潘敏的乡下女人。

九月的一天，潘敏对小夏说："晚上我有点事想和你谈谈。"小夏盯着他的眼睛，点头，眼却落在他的白衬衫上，里面，却是第一次见他的那件红线衣。不知多久没有和这个男生单独说过一句话了。小夏的左手食指，便有一点点疼。

傍晚，长廊里，多数是成双成对在一起亲昵的情侣，小夏心里忐忑着，他究竟会对自己说什么呢？

"徐小夏同学，多数同学反映，你有夜不归寝的问题，作为班长，我想和你谈谈。"

小夏盯着潘敏的衣领，怔了几秒钟。那天是满月，小夏却觉得自己的世界里黑暗一片。

"你这个大班长打算怎么处理呢？"

良久，小夏说。又好像这个声音不是发于自己的，是别人的声音。长久以来，她梦里都盼望着这样一个夜晚啊，这样一个，两个人单独在一起的机会。

"我们都已经20岁了，自己的事情要能处理好。并且一个女孩子要懂得怎样才是洁身自好。"

別以**失恋**的借口爱我

"洁身自好!"小夏眼里的泪就要涌出来,转而却笑了,笑得很凄惨,一句话哽在那里,泪终于流了下来。

"小夏,小夏,我这是为你好。"泪眼迷蒙中,小夏看到了潘敏眼底的痛,只是,已没有必要了。

小夏恨恨地回一句:"多谢你的好意。"

有一段时间,同学们都结伴去学校附近的粮油专科学校新修的电影院看电影。那晚上映的是《新不了情》,刘青云和袁咏仪主演的,土得不能再老土的爱情故事,只是一向在人前冷漠的小夏却哭得稀里哗啦。

散场的时候,下起雨来,同学们都结伴走散了,只剩小夏边走边哭。这时,一个男生跳下自行车,默默地陪她。小夏哽咽着抬头一看,是潘敏。小夏揉着红肿的眼睛,看着他。

潘敏拍拍她的肩,似在安慰她。小夏就哭得更凶了,雨中,他拥她入怀。也许都忘了上次的不快,也许是盼望了太久的一刻终于到来,小夏却突然理智起来,挣脱了他的怀抱,坐在自行车后座上。

"阿敏,如果现在你觉得自己不开心,请想想比你更难过的人。阿敏,如果人世最大的困难就是死亡,那么还有什么事不能克服。"

潘敏学着刘青云在电影中憨憨的样子说(那里面的女主角的名字是阿敏)。小夏轻轻敲了一下他的后背,破涕为笑。

雨还在下,两个人跳下车,慢慢地走着。

潘敏说:"这部电影真的是好啊,像是在俗艳中绽开的一朵清新的花,在人生悲凉处结出的一颗温暖的果。"

小夏微笑着听,她知道,他是全校公认的才子,说出的都是大雅。

女寝门口,多数窗口都还亮着灯,新的一年,又开始织毛衣了。小夏多想说:"我给你织一件毛衣好吗?"只是话到嘴边,却是那样一句:"你的毛衣手工太粗糙了。"

瞬间,潘敏的脸上浮上一种异样的神情,似无奈,又似不平。小夏想,他真的是不喜欢有人谈起那个她,便话锋一转:"好不好看不重要,重要的是穿在你身上感觉暖。"

潘敏点头,温和地笑了,小夏想,不必再问什么了。

7

校园歌手大赛,小夏唱的便是那首《忘不了》。柔和的灯光,如梦如幻的调子,蔡琴一样的妩媚苍凉:

> 忘不了,忘不了,忘不了你的错,
>
> 忘不了你的好。
>
> 忘不了雨中的散步,
>
> 也忘不了那风里的拥抱。

小夏得了奖,几名班干部请她一起吃饭。最后,又剩下她和潘

敏。那晚两个人都喝了酒，稍稍比平时兴奋。忍了好久，在校园避人的大树下，她似不经意地拉住他的手。他的手一用力，却硌了一下。他便在月下举起她的手，他看清，那枚戒指，发出淡绿的光芒。

潘敏举着那只手，定定地看。小夏盯着他，心里怦怦地跳。多么盼望他能够看一下她手心的后面，看到那寸红线。

良久，他放下她的手，"我送你回去吧。天还凉。"

春寒料峭，小夏早早地穿着红衬衫，黑布裙，而潘敏，还是那件厚厚的棒针毛衣。小夏忽地悲从中来，掩住脸，跑进楼门。

要毕业了。

实习回来那天，同学们凑了钱去校园外的正阳楼。一个月没见，见了面，也不过如此。此时的小夏，告别了冷漠，多了波澜不惊。平淡地点点头，你好，你也好，近来过得好吗？

潘敏笑笑，我还好。

小夏也点头，我的工作已联系好了，去本市的一家银行。

喝过酒，泡歌厅。小夏微红着脸说唱一首《新不了情》，海心便笑她，上次唱的是《不了情》，这次是《新不了情》啊，小夏的情分给几个人呢？小夏盯着潘敏的眼睛，淡淡一笑。

心若倦了，泪也干了。

这份深情，难舍难了。

曾经拥有，天荒地老，

已不见你，暮暮与朝朝。

这一份情永远难了，

愿来生还能再度拥抱，

爱一个人如何厮守到老，

怎样面对一切我不知道。

别以失恋的借口爱我

清冷的街头，潘敏只穿一件薄薄的白衬衫。4 年来一直想问的那句如鲠在喉，"怎么你不穿毛衣了？"原来，问出口，还是那样难。

潘敏的脸抽搐了一下。低头，看小夏手上光光的，便问："怎么你也不戴金戒指了？"

小夏牵了牵嘴角，苦笑。心里的那个结，终是解不开。小夏问："你回家乡工作吗？"

潘敏说："不是，我已买好了去深圳的火车票。"

小夏一怔，想问什么，还是忍住了。

最后的最后，在女寝门口，小夏问："那明天有人送你吗？如果没有，我送你吧。"

潘敏点头。

回去后，小夏写了长达 9 页的一封信。

车站，小夏先伸出手，握了一握才知道，原来带着手套呢，笑笑，摘下来，复又握，猛然把信放在他手里。

潘敏红着脸，下了很大的决心说："小夏，其实，我一直想对你说，我的毛衣，并不像你们大家想像的那样，是一个女人织的。"

小夏便怔在那里。

"四年里，所有的毛衣都是我的父亲，一个乡下老汉一针一线织就的。四年里，我不怕其他人笑话我，我只是怕你会瞧不起我。现在不同了，毕业了，我也就释然了。"

车，开远了，小夏孤零零地立在站台上，那颗心，在下沉。

火车到长沙的时候，天刚刚亮，潘敏拆开小夏的信，他不知道这个优越骄傲并神秘的女孩子会说点什么。他盼望，她是有一点喜欢他的吧。

"送我戒指的那个人，是我的爸爸。来到这所大学的前一天，我42岁的老父亲，为了一个20多岁的女人抛弃了同样40几岁的母亲。当时，这个发了一笔财的男人，留给我，他最小的女儿，一枚戒指，他说他永远爱我，可我说我已不再爱他。只是，每个月去他那里拿一笔学费，每一次来学校看我，他都给我买好多东西。同学们越是想知道，我便越是不想说。没想到被编成了那样一个新闻。"

潘敏望着车窗外冉冉升起的太阳，闭上了眼睛。1998 年，一切已不可能重来了。

北方的小夏，偷偷从床头柜里拿出那枚金戒指，扯下缠了多年的那寸红线。泪，已流不出来。

这一寸红线，是那位乡下老人不经意间落下的吧，怨只怨，真的是太短了，有如他和她的短暂姻缘。

别以 **失恋** 的借口爱我

陈 康

她的窗外，他的眼神

一堆堆的人群，隔着我的视线，我想找到宁，因为我想找回友谊，但他们一个一个地扭过头来看我，我居然找不到宁的脸，我找不到了。

我有一个男孩的名字。

我一直都很自豪的是我有猛吃东西的习惯且不顾任何仪表，事实上，我没有必要讲究，因为我长得实在不美。确切地说我额上有小时候顽皮时留下的疤痕，眼睛周围有黑眼圈，鼻子肿大，嘴唇乌黑。我想既然写文章就要用好一点的词来描述自己，但美与丑隔得很远，丑就是丑，无所谓！我说话颇有男子汉的风范，我想我为什么不是个男孩，那样的话也许脸皮会更厚点。

像我这样的人也会有朋友，她叫——宁。

我很珍惜这个新朋友，我不知道为什么我和宁都是人，却有天差地远的相貌。远远地看着她，美，这个词就这样自然地显现出来了。我们真的可以做朋友吗？我照了照镜子，看得自己都想闭眼。

有一段时间，宁排除任何闲言碎语和我同桌，我很感动，我想我至少拥有小小的幸福，于是我做出了一个自信的表情，一定要珍惜这个朋友，对着镜子，一笑，两颗虎牙露了出来。

宁使我变得开朗了，下课后我们嬉戏打闹，这让我想起小时候那个能打赢男孩的我，心里便荡起了前所未有的快乐。

宁什么时候开始跟我坐的呢？我的记忆开始模糊，但宁一直都有个奇怪的习惯，喜欢看窗外的风景，可是窗外只有一面墙，墙的斜对面是另一个教室。

我撤除了我所捍卫的防线，津津乐道地谈论着某些话题，宁却总是一副心不在焉的样子。

当季节开始进入春天时,有一个消息传来差点把我炸昏,宁是因为喜欢隔壁的高星才跟我坐的。我一不小心,打开宁的窗,一张脸露了出来,好像很俊朗的样子。

我不想点破其中的原因,一切惊愕让我又恢复了沉默。

什么时候开始触怒宁的呢?我真的不知道。

只是那不经意间的火花,慢慢地聚集,我能够看见那一团早已燃烧很久的火刹那间爆发出来,能让我粉身碎骨。

不知为什么,那淡淡的幸福怎么那么容易逃走!我远远地定在那里,飘零的树叶早已吸干了所有的鲜绿,我迷惑了,不是春天到了么?偌大的天空下起了暴雨,打碎了我所有的幻想。

我真是耐不住孤寂了,觉得一个人很空虚,只是跟以前的以前一样。

宁怒气冲天地望着我,那神情很奇怪地扭拧着,冷风刺进我的骨子里,一个冷颤把我冻成了冰。

早自习后,我拖着杂七杂八的东西往寝室里走,仿佛禁锢了很久,有人告诉我,我还是个孩子。

在偶然的场合里,我遇到了一个男孩,他有着独特的发型,英俊的面庞,极具个性的衣着,我看着他有点眼熟,却记不起在哪儿见过他。

他很脱俗,包括他的画。

我终于找到了我和他之间的共同点。

我也喜欢脱俗，只是喜欢的是文学。

这些并不能说明什么，我有足够的自知之明，除了一切少女的幻想。

什么时候见过他呢？

哦，校牌，他丢在我同学那里的校牌，我看了一眼他写的名字，便不可救药地爱上了那种字体，我记得那时我感叹了很久。

他叫什么名字呢？我使劲地搜刮记忆，一瞬间，我隐隐约约地觉得那个男孩就是高星。

雨还是在下着，阴阴的，有种忧郁的味道。

宁发怒的原因是什么？我想起来了。那是一个上午我和那个男孩正在讨论公事，宁的脸色开始变阴了，一丝笑容都脱落了，从那以后，宁开始写情书了。

我终于看到宁快乐满足的样子，我知道高星回信了。

春天突然变得好凉，坐在石凳上，寒意能穿透我整个身体。

宁又跟我和好了，和先前一样，只是我变得沉默了，她开始津津乐道地说着她的高星，满脸灿烂得像春天盛开的花。

一堆堆的人群，隔着我的视线，我想找到宁，因为我想找回友谊，但他们一个一个地扭过头来看我，我居然找不到宁的脸，我找不到了。我想我不该沉默，不该赌气，至少那样，还能浮出友谊的影子。

于是，我开始汹涌地哭。你还是个孩子，谁说的，孩子的记忆

开始老了，一点也不记得了。

宁转学走了。

宁对我说这里有她太多的忧伤，宁走时，犹如余辉拼搏后的余血。

空空的，我身边的位置空了。

我还是个孩子，不明白爱情，不知道，我拨浪鼓似的摇着头。宁走时，给了我一张精致的卡片，那卡片的颜色好鲜，极像宁经常穿的连衣裙，那是她经常穿给高星看的。

不小心，我又推开了宁的窗，我发现了一个男孩，像极了高星，只是眼神很忧郁，像湿湿的雨。

太阳终于把头探出来了，如婴儿般呼吸着我全身的凉气。

好久，好久，我已经好久没有这样了。

小妖

野蛮青梅向前冲

周刀刀甩着头发，弄把贝司在那儿瞎胡啦，动作特像我家巷口那个弹棉花的老大妈。双眼紧闭，表情痛苦得像便秘，旁边还有几个敲鼓的跟他一起疯。

我从小到大都是一个喜欢做梦的女孩儿。

我经常做的一个梦大抵上是这样的:在一个风和日丽,最适合穿裙子的季节里,我站在圣玛丽教堂前,在我的周围有绿的草、红的花、面带微笑的亲朋好友和满地乱跑的邻家小孩儿。当然,在我的右手边还有一个西装革履的英俊男士作陪。然后,牧师说话了,你愿意娶她为妻,不管疾病、贫穷或者富有都不离不弃吗?我清清楚楚地听到那个男士浑厚的嗓音在耳畔响起——我愿意。轮到我了,我清了清嗓子,刚要发话,就见天外飞来一不明飞行物,从上面走出两个人,黑黑的皮肤,大大的眼睛,没有鼻子,看不到嘴。他们走到我面前对我说:"我们是奉多地王子的命令来接您回家的,您是我们 X 星球上的王妃,您是不可以跟地球人结婚的"。

好好的一场婚礼就这么着给搅黄了。

情人节前一天,我收到周刀刀的短信:叶子,晚上 6 点我必须在皇冠酒店门口见到你,否则,你就是给我 5 块钱我也会从 15 层高楼上跳下来。

跳吧,跳吧,我到时带 30 个坦胸露背的大美女过去,你要是不跳你就是大孙子。

我和周刀刀从小玩到大,周刀刀曾信誓旦旦地对我说:叶子,我这辈子绝不娶像你这号的女孩儿当老婆。

我仔细想想,也对。

周刀刀喜欢文静的女孩儿,我不是。我经常图省事儿就站在我家阳台上冲对面周刀刀家的窗户大喊，周刀刀！数学习题集上第 35 页第 6 题怎么解？扰得四邻不得安宁。

周刀刀喜欢优雅的女孩儿，我不是。我们俩一块儿上街，他从来不敢跟我并肩走，否则，他一句话没说顺就很可能挨我一记"旋风腿"。

周刀刀还喜欢柔弱的女孩儿，我想我也不是。我曾经当着他的面用手拍死过一只苍蝇，周刀刀大惊失色，你这"降龙十八掌"可比那记"旋风腿"厉害多了。

玩 CS 时，周刀刀特逊，他经常猫在我的身后，让我为他杀出一条血路。

当然，我也不喜欢周刀刀，我从小到大惟一立过的志愿就是将来从五星级大酒店挖一掌勺的大厨当老公。

我不喜欢周刀刀还有一个原因就是这小子太花心。3 岁时就把自己的初吻给献出去了。

那天，在幼儿园里，我和周刀刀在一块儿玩搭积木，周刀刀一直心不在焉，眼睛总是瞄着对面马欣欣的嘴，后来我一个没看住，他飞奔过去冲着马欣欣的嘴就啃上了，马欣欣吓得哇哇大哭。老师把周刀刀叫到办公室，周刀刀还理直气壮地说："我看见马欣欣吃糖了，我就是想吃她嘴里的那块糖。"

丢人，真是丢死人了，我站在办公室门口直跺脚。

一直到吃下午餐的时候我都没有正眼儿瞧过他。周刀刀一看

別以 **失恋** 的借口爱我

121

大势不妙立马把刚分给他的爆米花全堆到我面前。

"叶子,这个全给你吃,但你不许把这件事告诉我妈跟你妈。"

他这不是公开"贿赂领导干部"吗?我好歹也是一名军区幼儿园小班的班长呀。

周刀刀他爸是军区的政委,我爸是司令,两家的关系好得不得了。周刀刀他妈特喜欢我,原因是我长得漂亮,我也特喜欢周刀刀他妈,原因是他妈做饭特别好吃。

刚上小学一年级那会儿,一放学我就跟周刀刀猛往他家跑,做完作业,吃完他妈做的饭我才肯安心回家。

周刀刀他妈一心想让我长大后当她家的儿媳妇。为了这,她曾用半盘松仁玉米企图说服我,我没答应;后来,又用一大盘松鼠鱼引诱我,我忍了半天,还是给扛过去了。

谁想那天他妈煮了一锅红烧肉。吃饭时,往我碗里放了一块,说:"叶子,将来给我家刀刀当媳妇儿吧。"

我看着碗里的红烧肉,狠一狠心、跺一跺脚、咬一咬牙,说:"那不行,要是两块还能考虑考虑。"

结果他妈一高兴就往我碗里夹了五六块。

我看着碗里堆积如山的红烧肉,扛了半天也没扛住。

"行!行!行!行!行!"

我点头如捣蒜。

周刀刀他妈乐开了花。

无奈，周刀刀从小就不是什么省油的灯，仗着自己那副还算是瞧得过眼儿的尊容，刚上初一就开始追着同年级的漂亮女同学到处跑。临了，还不忘叫上我这个曾在一个战壕里摸爬滚打多年的革命战友。

"上阵父子兵，打虎亲兄弟。叶子，初一五班新转学过来的那个吕小梅你帮我搞定吧。"

"你干坏事干吗非得叫上我呀？我不去！"

我最后实在受不了周刀刀的软磨硬泡，答应替他写份情书的初稿，代价是校门口5毛钱一碗的刨冰。

"说吧，是要一往情深型的还是寻死觅活型的。"

"嘿，有那个什么……死皮赖脸型的吗？"

"对，这个比较适合你，你说我怎么把这个给忘了呢?"

周刀刀凭着我那封热情洋溢的情书总算叩开了吕小梅的心扉。可好景不长，没处一个学期两人就散了。

吕小梅给他下的评语是：心地虽善良但脑筋死笨，腿脚虽勤快但明显地患有中老年痴呆症，行动迟缓。

总之概括成四个字就是——傻哩吧叽。

在那段时间里周刀刀学会了抽烟、喝酒。路口那家烤羊肉串的小店是我们俩经常光顾的地儿。

"你说我是差哪儿了？我情书也递了，花也送了，天天接送，她说要去少年宫学小提琴，我天天搁那儿蹲点，连门口卖冰棍儿的老

太太都让我给混熟了；天冷我把自己的外套给她穿，天热我给她买雪糕是一根又一根。"周刀刀喝口扎啤接着说，"你说我究竟是哪儿做得不好呀？你别光顾着吃，你倒是说句话呀。"

我啃着羊肉串的嘴好不容易腾出空来，说了句："那算什么，下回咱们再给你庆祝失恋的时候换个地儿吧，这家的羊筋一点儿都不好吃。"

周刀刀瞪了我一眼，什么话也没说，把他面前的羊筋全堆我跟前儿了。

我上初二那年疯狂迷恋古惑仔的时候，周刀刀已经开始在外面安营扎寨混地盘了。那个架打的，从小学打到初中，从初中打到高中，连附近的职高、技校都不放过。德育处是天天去，校长室也没人走得比他勤。地盘是越扩越大，他经常拍着我的肩膀，冷不丁地来句："叶子，以后谁要是敢欺负你，你告诉我，我非打得他满地找牙不可。"

那天，我实在是气不过，站在我家阳台上，左手一插腰，右手指着正在吞云吐雾的周刀刀大喊："你小子给我听好喽，你以后要是再敢学外面的小流氓打架，别怪我跟你绝交。你也算是个男人，一个吕小梅就把你给吓趴下了，你要是有本事就当一辈子缩头乌龟，永远也不要有出人头地的一天。"

周刀刀掐灭手里的烟。

"干吗呢，干吗呢，你这是干吗呢？说就说呗，你插什么腰呀，跟个茶壶似的。哎哟,我家火上还坐着壶呢,差点忘了。"

一路上磕磕绊绊总算是上了高中,我在周刀刀的教唆下写情书的技术是突飞猛进。周刀刀靠我写的情书去泡妞更是所向披靡。刨冰是不吃了,习惯了去肯德基开洋荤,谁还跟大冰块较劲哪!

"周刀刀,你爸是政委,我爸是司令,怎么到了咱们这儿就全变样了呢?"

我上高中后就再也没见周刀刀失恋过,他经常拿10块钱让我替他摆平那些他已不再留恋而人家又对他死心踏地的主儿们。

王雪平就是其中的一位。那天我把王雪平约出来,那丫头哭得连眼睛都肿了。我立马给买了两根冰棍儿,我说:"平平,跟他分就分了吧。你不了解,其实周刀刀这人特俗,你是名校的高才生,将来准能考上大学,到时候前途无量啊!你犯不着跟他这么一个没文化、没品位的小流氓干耗。"

王雪平吃着冰棍儿,说:"叶子,你不知道,周刀刀这人其实有时候挺好的,就是毛病特多。"

"好什么呀,他就是一花心大萝卜,除了你,他外边的女朋友有一加强排了。你说吧,哪个学校没有他一两个女朋友呀,他甚至连我们学校刚分来的地理老师都想泡。你说像他这样的人能要吗?"

"可他给我写的情书特真挚呀!"说着还从兜里掏出来念上一小段。

我立马让她打住,这情书根本就是我写的,随便挑一段我都能倒背如流。

"叶子,你别说,我当初就是因为这封情书才答应跟他好的,这年月能写出这种情书的人已经不多了。"

坏了,坏了,我闯大祸了,归根结底都是情书惹的祸。幸亏周刀刀在这种事情上意志还算坚定,尚未犯什么原则性错误,否则他要是为这事给栽进去了,那我还不得冠一从犯的罪名。一想到这儿,我就浑身直冒冷汗。

回去后,我当着周刀刀的面把那管曾经用来替他写情书的圆珠笔"咔嚓"掰折了不算,还扔在地上狠命地踩。

周刀刀说:"你这是干嘛呀?"

"周刀刀,你听着,以后少缠着我替你写什么狗屁情书。"

"为什么呀,这是为什么呀?这又哪儿不对了!肯德基不好吃呀,那下回咱改吃自助餐?"

"你就是请我去人民大会堂吃国宴我也不去。"

"你这是哪根筋又搭错了,这总得有个理由吧。"

"我、我、我要用功读书考大学。"我一着急拣了个特冠冕堂皇的理由,"刀刀,你别整天瞎混了,咱们一起努力学习考大学吧。"

"我想我是不行了,根本就不是那块料。不过,叶子,你准行,你努把力肯定能考上。"

我发奋读书考大学的那段日子还真没怎么见过刀刀的人,高中没上完,他就提前退学了,销声匿迹了好长一段时间。直到我考上外地的大学要走的那一天,他才穿得人模狗样地跑来见我。

"哎哟,你瞧这红领巾系的,多好呀,跟领带似的。"

"少在这儿耍贫,这可是皮尔·卡丹! 名牌! "

"听说混成大老板了,不错啊! "

"哪儿呀,瞎混,不能跟你比。叶子,考上大学了可要好好读啊,毕业回来没准儿还能给我当一女秘书。"

"行了吧你,谁给你当秘书呀? 到时你给我当司机我都不要,嫌你不会说外语。"

周刀刀憨憨一笑:"好好学习,别想家,我这趟回来就不走了,你爸你妈我替你照应着。"

"其实我一点儿也不担心我爸我妈,我就是特担心你,你别光在社会上飘着了,抓紧时间给我找一好嫂子吧。"

"去去去,少来少来,干嘛呀这是! 看我混成大老板了,跑这儿套近乎攀亲戚呀。现在承认我是你哥了,上学那会儿听你叫声哥你知道有多难吗? "

上大学以后,我跟周刀刀惟一用来联系的通讯工具就是E-mail。我说周刀刀你现在身边是不是又多一枪手替你写信呀。周刀刀说哪儿能呢,这都是我一个字一个字敲上去的。你不在我身边了,谁还愿意吃饱了没事干当我的兼职女秘啊。

我周末往家打电话是周刀刀接的。

我跟他耍贫嘴。我说刀刀你没事儿别总在我家卧底了,该干

嘛干嘛去！实话告诉你吧，我已经有男朋友了，你是没希望了。

周刀刀也不是什么善主："是吗？能告诉我是谁家的孩子这么倒霉，摊上你这么个主儿呀？"

"周刀刀，你赶紧给我滚，有多远你给我滚多远。"

我大学读了4年，跟方展谈了4年不咸不淡的恋爱，大学毕业后我们特理智地为了各自的梦想各奔东西。

我想我是喜欢方展的，不然干嘛跟他一恋就是4年。可是如果我喜欢方展，那为什么要分手的时候我连一点儿撕心裂肺的感觉都没有，就像去电影院看电影似的，播放的时候就知道离散场已经不远了。

直到我们分开一年后，我在大学同学录上看到了他要结婚的留言才流下了伤心的泪水，原来我一直是个后知后觉的人。

我一人跑酒吧里喝了5瓶"科罗娜"都不管用。别人喝多了是趴下了就睡，我是越喝越精神。

凌晨4点，我爬到楼顶，对准周刀刀睡觉的天花板开始乱蹦，结果他一点儿反应也没有，我拿出手机给他打电话。

"刀刀，你就没听见楼顶有什么动静吗？"

周刀刀显然刚从美梦中挣脱出来，迷迷糊糊地说："听见了，闹耗子呢！叶子，你快睡吧，没事。"

"什么闹耗子，是我在闹呢。我打电话就是想向你告个别，我不想看见明天的太阳了。"

"你这大晚上不睡觉又犯什么神经呢？"

"周刀刀，再见吧，我这辈子认识你这么个大活宝也算是见过世面了。"我站在露台上一起脚把一块砖给踢下去了。

我听见楼下"咣"的一记闷响，然后周刀刀在电话里大叫："叶子，叶子，你是不是真跳下去了？你倒是先跟我说说你这到底是唱的哪一出啊！"我顺势掐断了电话。

约有 10 分钟，我又打了过去，"是我，叶子。"

"你是人还是鬼？"周刀刀的语气里充满了警觉。

"你在哪儿呢？"

"我在楼下给你收尸呢。"

"你上来吧，我压根儿就没跳，我就是踢块砖下去试试。"

"试试？你当这是投河呀，还踢块砖下去试试水深不深。这是跳楼！你一跳准玩完，别想着还有生还的可能。"

周刀刀好不容易爬到了楼顶，喘着粗气问我："你这到底是怎么了？"

"刀刀，我给你 5 块钱，你把我从楼顶踹下去吧。"

"别别别，可别！我给你 10 块钱，求你别跳。"

"我失恋了。"

"能告诉我是谁家的小伙儿这么幸运，差点上了你这条贼船？"

"周刀刀，你说我这人是不是特不招人喜欢？"

"不是呀，我妈就特喜欢你。"

別以 失恋 的借口爱我

"废话，我又不能跟你妈过一辈子。"

"那你就嫁给我，我不介意当你跟我妈之间的第三者。"

"都怪你，你当初要是能像方展那样弹得一手的好吉他拴住我，我也不用遭这份罪呀。"

"这怎么说着说着就绕我头上了，我这是招谁惹谁了，我可一直是旁观者清啊！"

我以为我失恋了，周刀刀就算不请我喝扎啤，吃羊筋，至少也会花时间陪我聊聊天、解解闷儿吧。谁想到他小子像被一竿子打到水底似的就再也没有露过面。

如今，他竟以死相威胁，让我去跟他见面。见就见吧，谁怕谁呀？我倒想看看他从 15 层高楼上跳下来是摔成肉饼还是肉酱。

结果，我老远就见皇冠门前围了一大群人。坏了，坏了，我就算是速度再快也赶不上那精彩的一幕了，周刀刀死得一定很难看。

我走近后还听到里面有音乐传来。你别说，这五星级酒店的服务还真是不错，死了人还给放哀乐。可我越听越觉得味不对，直到听清那句"我想就这样牵着你的手不放开，爱可不可以简简单单没有悲哀"。这不是周杰伦的《简单爱》吗？他们这也太作践人了吧，就算给死人放音乐也不能放流行歌曲呀！

"让开让开，都给我让开。"我使劲拨开人群猛往里钻，"我是遇难者家属，跑这儿收尸来了，这脑浆流了一地的，你们看着不害怕呀？"

跑到跟前儿，我乐了。

周刀刀甩着头发，弄把贝司在那儿瞎胡啦，动作特像我家巷口那个弹棉花的老大妈。双眼紧闭，表情痛苦得像便秘，旁边还有几个敲鼓的跟他一起疯。

一曲唱罢，周刀刀跑到我面前："叶子，怎么样？弹得还像那么回事吧？为了这，我可是闭门修炼了三个月，谁找我都不接见。"

"嗯，不错，可我现在又喜欢上阿杜了。"

"什么？又变了！这更新速度也太快了点儿吧。"

"怎么？不行吗！"说完，我特没出息地当着众人的面抱着周刀刀就是一通猛亲。

"哎哟哟，咱注意点儿，成吗？这么多人看着呢！你瞅你，弄得我一脸唾沫星子，好歹这也是初吻哪，你怎么也得给留个好印象啊！"

"快拉倒吧，少在这儿跟我假装纯情。你的初吻早在3岁那年为了一块破糖让你给出卖了。"

"可咱们这是头一回吧。"

后来我问周刀刀："我不文静、不优雅、不柔弱，为什么你还会喜欢我呢？"

周刀刀说："谁爱静就让她静吧，谁爱雅就让她雅吧，谁爱弱就让她弱吧，我只要我的野蛮女友。"

"周刀刀，你愿意跟一个做事鲁莽、说话没边没沿儿而且放肆成性的大麻烦精共度余生吗？"

周刀刀羞答答地低下了头，憋了半天也没把脸憋红，然后特矜持地说："我愿意。"

瞅见没，这婚还是我向他求的。

终于，在那个风和日丽、穿裙子的季节里我把自己给嫁了出去

有天，我问周刀刀为什么在我们举行婚礼的那一天没有出现那两个长相古怪的外星人？难不成你就是 X 星球上的多地王子来地球只为寻找你失散的王妃吗？

周刀刀拿着报纸做目瞪口呆状，随后当即晕菜！

琉璃

旁边的旁边是爱情

那一瞬间我忽然想起很多被我忽略了的事情：韩谦的家就在桐桐住的那个小院，桐桐的失恋就在我和韩谦不断通信后的那个暑假……

　　初一的时候学校后门外不远处有条空旷的小街，如果不是苏落告诉我那里有家卖动漫的小店，我压根就不会去那边。

　　那家店的老板在仓库里找了很久，最后很抱歉地告诉我我订的那本椎名优的原版画集放在家里了，让我过几天再去拿。末了还不住地说着，不好意思，要你来两次。结果弄得我很不好意思地走了。

　　我一直都跟苏落说那本椎名优画集是我最重要的东西，甚至初三毕业时我在每一本同学录里有关幸运的名目里都填上了"椎名优画集"。苏落当时就问我，椎名优画集值多少钱啊，让你那样。

　　苏落永远都不会知道，那本画集只是我认识韩谦的一个纪念。

　　当我第二次去拿那本画集时，老板不在，只有一个看上去和我年纪差不多的男生。当我说明来意以后，他突然笑了一下，然后不停地打量我："原来就是你订了这本画集啊？"

　　"有问题吗？"这突如其来的"问候"让我有些惊慌。

　　"没问题。"大概是我手足无措的样子傻得有些离谱，对方忍不住"扑哧"一声笑了出来。气氛一下子缓和下来，他把画集给我后，我们又聊了几句。这样我就知道了他叫韩谦，是老板的儿子，每周末都来帮忙看店顺便看漫画。上次那本画集就是被他拿去了，因此还被他老爸狠狠骂了一顿。

　　初一的日子就像流水一样过着，我每天都在学校里很努力地学习，闲暇的时候就和桐桐一起说说笑笑、打打闹闹。而苏落那小子刚进校没多久就开始到处张罗着看美女，天天逃课打篮球。

"你说苏落是不是有喜欢的人了啊？"一个阳光稀薄的午后，我和桐桐正在看操场上的篮球比赛。我看到桐桐的眼神是那样专注。

"大概吧！那小子整天不务正业。"

"那你说他会喜欢谁呢？"

"天晓得。不过就那家伙我看喜欢谁也不会有后文的。"

"你怎么什么都不知道啊！你们不是从小玩到大的吗？"桐桐有点急了。

"从小玩到大也分很多种的嘛。"我随口应付着桐桐的追问，心里想着一个我不愿看到的可能。

很快我就发现那种可能发展成了事实——桐桐喜欢上了苏落。当我看清这个事实的时候才发觉苏落这个毛头小子已经长成小帅哥了，而且小帅哥的身边有很多美女围绕着。

"你老实说想怎么安置我们家桐桐？"看着桐桐一天天地忧郁着，我终于忍不住把苏落抓来审讯。

"什么安置啊？"苏落摸摸后脑勺，一脸莫名其妙的样子。

"别装了你！你肯定知道桐桐喜欢你。"

"知道又怎么样？"苏落见装傻不行便开始很严肃地回答我。

"苏落，你是不是美女见多了就变样了？桐桐哪里不好？不知比你那些什么美女高贵到哪里去了！"

别以**失恋**的借口爱我

135

"那是她的事。"苏落看着我的眼睛，顿了顿，"我要不要喜欢她，是我的事……"

"你说我多管闲事是吧？好，我不管你了，就当我从来都不认识你！"我狠狠地瞪了他两眼转身就要走。

"我喜欢的是你。"苏落的声音像是变了调，"你要我怎么去接受她？"

空气仿佛一下子凝固了，我站在原地忘了回头。当我回过神的时候，只看见苏落离开的背影。

苏落喜欢我？

每周我都会抽一点时间去看看漫画，自从认识韩谦后，这个时间由随机变成了固定的周日上午。韩谦看上去斯斯文文的却很健谈，认识没多久我们就成了无话不说的朋友。

在知道了桐桐喜欢苏落，而苏落偏偏喜欢我以后，我的世界几乎面临崩溃。从小到大我都没什么朋友，除了苏落，就是桐桐了。可现在，我却可能会一起失去他们。

"这个事情嘛，好像很棘手哦！"韩谦一边收拾东西一边思索着。

"对啊！"我蹲坐在椅子上胡乱翻看着卡片。

"依我看，你就直接告诉她或者让你那个青梅竹马的朋友直接告诉她好了。"

"那怎么行啊？"我几乎是脱口而出。这样太伤害桐桐了。

"那，你要像他们一样猜来猜去的吗？"我转过头，韩谦正拿着那本《魔法留学生》微笑着看着我。我低下头，想起桐桐忧愁的脸。韩谦说得对，这种事情瞒得了今天，瞒不过明天。我们都承受不起漫画里那种百转千回的折腾。

桐桐和苏落以最平和的方式说清了一切，我永远都忘不了那个下午桐桐那些复杂的表情。分别时，他们都是微笑着的，只是苏落笑得很惬意，桐桐笑得很刻意。

全都是苏落不好。

那以后我几乎没有主动找过苏落，整天陪着桐桐，看着她一天天地渐渐开心起来。"诺诺，你别再想那件事了，我们永远都是好朋友。"初二结束的那个夏天，桐桐站在树阴下拉着我的手笑得比阳光还明媚。

"我有男朋友了，他对我很好。"

"什么？"我瞪大眼睛看着她。

"他是我的邻居，人很斯文很和气的。"桐桐说起那个人的时候脸上充满了幸福，"所以你不用介意我了，苏落挺喜欢你的。"

"我和苏落只是朋友，真的。"

"好啦，我知道啦，只是朋友嘛。"那天下午桐桐牵着我的手一直跟到我家楼下才肯离去。在这段感情危机里，我们大概都积累了很多很多没有机会分享的东西。

放假后，时间变得空空荡荡的，我所有的生活节奏都被打乱了，除了与韩谦有关的那个习惯。只不过闲暇的时间变多了，我会经

别以 **失恋** 的借口爱我

常有意无意地路过那里,看看韩谦在不在。

在长达一个月的观察之后我得出结论:韩谦每周二、四和周末都会在。开始几天去还象征性地买点什么,到后来就索性什么也不买了。韩谦看到我时总会淡淡一笑,招呼一句:"你来了啊。"

我想这大概已经成为我们之间的默契了,和韩谦在一起总是有说不完的话。那个夏天就在这样的快乐里走到了尽头。暑假的最后一天,韩谦送给我一块工艺石。他说在江南那叫三生石,传说把一个人的名字刻在上面就能与他厮守三生三世。那时我盯着石头想了许久,忽然觉得面前这颗小石头已经把我藏匿很久的一个秘密泄露得一干二净。

苏落在初三开学的那天信誓旦旦地向我和桐桐保证最后的一年他一定好好学习,天天向上,争取能跟我们一起考进重点高中。末了,还嬉皮笑脸地说:"诺诺,你等着,到高一时我一定把你追到手。"

我的脸顿时烧得很厉害,拿起书包就去追杀苏落,无意中回头看见桐桐正微笑着看我们,那笑容真实得有些耀眼,让我不知不觉也跟着笑了。

中考的压力压得我们都喘不过气来,除了学习根本什么也顾不上了。每周日我也不再去看韩谦了,而是不断地给他写信。写每一次考试,写每一个笑容,写每一滴眼泪,写那个暑假发生的事,写桐桐和苏落的友情。

韩谦每次都很准时地给我回信。那一年,我最大的快乐便是看韩谦的信，然后满脑子都是三生石和韩谦的名字。

"诺诺，我有话想跟你说。"中考成绩出来后，我们3个同时考上了一所重点高中并且分在了同一个班。大家约定一起出去庆祝，但整整一天，桐桐脸上的忧愁都没有消散过。

"喂喂，你这话的意思就是我不能听了？"苏落看了我一眼，"怎么说我也是诺诺的准男朋友，迟早是一家人嘛。"

"你小子找死！"

"也没什么大不了的，算了。"桐桐见我们又要吵起来便连忙制止了，但她叹气的时候脸上的忧愁却更深了。苏落很无辜地望了我一眼做出个不关我的事的姿势。

开学报名那天，我在教室里看到了韩谦，我突然发现原来上天是如此地眷顾我。韩谦也看到了我，隔着人群我们相视而笑。

我以为日子会一直这么美好下去，但新学期第一天苏落就公然站在讲台上对全班宣布：我苏落在高一结束前一定要将程诺诺追到手，请各位同学多多支持。苏落说完便很得意地朝我这边看过来，我的脸刷的一下变得惨白，大脑也骤然有些空荡。苏落后来还说了些什么我一句也没听清，只是依稀记得那时韩谦的表情有些复杂。

"死苏落，臭苏落。"自从苏落那样闹了一次以后，韩谦很明显地在和我保持距离。而所有人也几乎认定我和苏落是一对，老是对我挤眉弄眼的。"都是他不好，瞎捣乱！"我在桐桐面前不断地

数落着那个白痴,过了好久才发现桐桐的眼泪已经快要流出来了。

"诺诺,他好像喜欢上别人了……"桐桐还没说完便扑过来抱着我泣不成声。我看着她那么伤心,想安慰她,却什么也说不出来。

为什么感情总是要一波三折呢?

从那以后,不管苏落说什么做什么,我都不再理他。而他也渐渐着急起来,从小到大,我从来没有如此决绝地对待过他。而韩谦也不再像以前那样和我谈心了。一切的一切都变了,除了那块三生石永远都代表着同一个意义。

日历一天一天地向后翻,在分班的前一周,不知道是谁提议大家玩一次"真情告白",每个人都必须找一个异性同学表诉爱意,当然是真是假是无所谓的。那一下子我只想到了韩谦。

提议得到了全班同学的一致通过。当苏落宣布开始的时候,我侧过头看了一眼韩谦,然后呆若木鸡。

那个时候我看到桐桐转过身对着韩谦做了一个代表我爱你的手势。那一瞬间我忽然想起很多被我忽略了的事情:韩谦的家就在桐桐住的那个小院,桐桐的失恋就在我和韩谦不断通信后的那个暑假……

"诺诺!"回过神来的时候,眼前是苏落那张大大的脸,"诺诺我喜欢你!"苏落的声音忽然变得坚定而悠长。我感觉整个教室的人都在看着我们,是啊,我们才是众望所归的一对。我抬起头,用目光扫视了所有同学,最后停在韩谦身上。

我看到他脸上布满了阴沉，脑子里突然出现桐桐的脸：微笑，忧伤，幸福，痛楚。

当着所有人的面，我掂起脚在苏落耳边轻轻说了一句话，然后微笑着拉起他的手，同学们都围着我们起哄。人群中我看见韩谦拉着桐桐走了出去……

那天晚上，苏落陪我在操场上坐了一夜。当清晨的阳光蔓延在我们身上的时候，我起身离开。苏落在后面叫道："诺诺我等你。"我回过头看见苏落笃定的眼神。

那个清晨，阳光就像朝露一样蜕变得湿润而清新。

我在苏落耳边说的是：韩谦是我暗恋了4年的男生。

别以 **失恋** 的借口爱我

张心妍

如果瞬间能永恒

在那个开满繁花，落满白鸟的季节，我骑着单车载着娴子穿越无数美好的时光，我们的影子在春天的阳光下不断地伸长、弯曲、缩短……

Boy

我叫泽亚，2001年我离开父母来到这座举目无亲的城市上高中。这座城市的天空总是有隐隐约约的阴暗，沙尘暴常常将这里的天空覆盖得严严实实，然后匆匆忙忙地又去覆盖另一片天空。我在这座尘土飞扬的城市孤单寂寞地生活着，将青春荒废在一所重点中学的一间破教室里。我无所事事，玩世不恭，甚至忘记了我还有一个叫做家的地方可以回去，忘记了另一个没有沙尘暴的城市里有一个家是我的。

我郁闷的时候，就一个人穿梭在人群之中，像一只寻找食物的老鼠一样寻找这座城市里我曾经丢失的足迹。有时候也会漫无目的地走，我这样一直走就会感觉很安慰很安慰。

我妈走的时候对老师说一定要照顾好我，老师是我妈二十多年的朋友。其实大多数时候我都是很不安分的人，我白天上课睡觉，晚上就与朋友逃掉晚自习到"Paradise"的二楼看在街道中穿梭而过的各种各样的女人，然后和他们喝酒猜拳，夜夜歌舞升平。玩累了就到朋友租的房子睡一晚上，第二天再继续迷迷糊糊地去上课。生活就这样日复一日地恶性循环，一直循环到我意识到高考就要踏着大步昂首挺胸地到来的时候。

高三下学期的时候，我清醒了，我开始意识到自己如果再这样下去，恐怕以后做个街头要饭的小乞丐也挺不容易的。我疯狂地

别以 **失恋** 的借口爱我

做理科题,可是力不从心的感觉往往会将我的信心打入冷宫,但是我还是拒绝参加朋友他们的一切活动,拒绝再到"Paradise"那个纸醉金迷的场所。

我开始踢足球,并且很快爱上了足球,在足球场上挥汗如雨的时候,我常常忘记自己有没有去吃晚饭。这样的生活很好,感觉自己生活得很干净,很坦然,很平淡,很充实。

Girl

我叫娴子,我在这座城市生活了 17 年并且还有可能继续下去。2003 年 9 月,我考到了这所重点中学,我呼吸着这里的空气感觉自己很幸福,我的爸爸妈妈看着我手中精美的录取通知书感动不已。他们告诉我要努力学习,考上一所坐落在没有沙尘暴的城市里的大学。我微笑着对他们点点头,笑完之后我才发现我的笑容空洞无比。

我在这所学校里过着我平淡如水的生活,并且乐此不疲。两点一线的生活模式和课本,应试的三角公式已成为生活的全部内容。学习无精打采地在我的成长里饰演着主要的角色。

高一的冬天,平淡无奇的生活有了美丽的色彩。

两点一线的生活模式被改变了。

我生活的全部内容已不再是那些索然无味的公式和准则。

泽亚出现在一个阳光明媚的早晨。我坐在篮球场的石板上背单词的时候，一阵瑟瑟的寒风从我的英语书里面将我白白的演练纸全部刮出去了，飘得满操场都是。我看着我白白的演练纸惊惶失措，然后就把头埋在膝盖里流泪。那个时候泽亚傻傻地将所有的演练纸一张一张地捡起来，然后整整齐齐地递到了我的手中。我站起身来，脸红得像个番茄，很不好意思地对他说："谢谢！"他说："不用了，"之后就头也不回地跑了。

　　泽亚明亮干净的样子总是在我的面前飘来荡去，我的眼前总是浮起他玩世不恭的眼神和在他嘴角弯起的浅浅的笑容。

Boy

　　在这座城市里，我认识了娴子。在足球场常常看到她和几个调皮的女孩子有说有笑的样子，真是可爱极了。她是个干净的女孩子，她的心灵单纯得令人无法想像，像一张白纸不含任何杂质。

　　在一个阳光明媚的早晨，我又看到了娴子一个人坐在篮球场的石板上背单词。头发垂下来遮住了她微笑的脸，清晨的阳光洒在她的身上显得生机勃勃。可是当她专心背单词时，一阵风吹走了她书里好多的演练纸。我小心翼翼地一张一张地把它们捡到一起，递到了娴子手中就不好意思地跑了。

别以 **失恋** 的借口爱我

Girl

2004 年的 5 月，我莫名其妙地成了泽亚的女朋友。泽亚对我说："做我女朋友，好不好？"我说不好。泽亚就用手捏着我的鼻子说："做我女朋友！"然后我就无能为力地点点头，然后我就莫名其妙地成了他的女朋友。

劳动节放假的时候泽亚回到了他的城市。我说你一到就打电话给我，记住了 2 号我等你电话。泽亚点点头说好吧，我打给你。然后 2 号下午我就坐在学校会台的台阶上等他的电话，我看着手机里的待机画面一动不动，一直等他的电话。可是我等了整整一个冷风凄凄的下午连个鬼都没有等到。

节后上晚自习，我问他为什么不打电话给我，害我一个人在外面等了一个下午。他说他忘记了，我差点就被他气得撒手人寰了。

Boy

在朋友的一次生日聚会上我认识了娴子。那天晚上下着绵绵的小雨，朋友托我把娴子送回去。我们走在路灯下沉默无言，娴子只是偶尔对我笑一笑。快走到她家的时候，我吞吞吐吐地对她说："我可不可以每天都送你回家？"她的脸红得像个番茄，然后说："你愿意当然可以啦！"后来就不好意思地跑了。我看着她在黑暗中消失的背影，心都快跳出来了。

在那个开满繁花、落满白鸟的季节，我骑着单车载着娴子穿越无数美好的时光，我们的影子在春天的阳光下不断地伸长、弯曲、缩短……我们开心地去过每一天，我们认真地去走每一段路。娴子是个心细的女孩，她常常给我难以想象的惊喜，然后我们就笑得前仰后俯。

Girl

2004年6月，泽亚坐在楼上的考场里考试，我站在考场外焦急地等他出来。一连几天的高考终于彻头彻尾的结束了。我高兴地牵着泽亚的手在公园里奔跑，公园里有许多毕业生为他们的毕业庆祝，也有人在轻轻地哭泣。我对泽亚说今天我们什么都别说，把它放到明天。泽亚漫不经心地笑着然后点头。我们疯狂地玩了一个下午，然后大汗淋漓地回家。我在进我家小区大门的时候对泽亚说："泽亚，顺其自然吧！"我看到泽亚满脸的失望和落寞，心就紧紧地抽起来，可是我还是没有说一句泽亚想听的话。

我回到家就抱着枕头伤心地流泪，我站在窗边，看到楼下的泽亚踢着小石头一步一步地离去。我知道时间在考验我们，可是不管怎样，明天泽亚就要回到另一个城市生活了，明天我们就要开始两地动荡的爱情了。岌岌可危，飘浮不定……

别以 失恋 的借口爱我

147

Boy

148

在娴子家门口转身的时候，我就想我可能再没有机会走这条通往娴子家的路了。我回过头，又认认真真地看了一遍娴子的脸，她微笑着向我挥了挥手就上楼了。

我走在路上一直在想，要找个怎样的理由才可以暂时留在娴子身边。我绞尽脑汁地想，可是我还是想不到。不知不觉，我走到了朋友租房子的地方，朋友在门口和我打招呼，然后一把将我拉了进去。朋友问我娴子怎么没有和我在一起，我没有回答他就在床上睡着了。

高考成绩公布了，我考得很差劲。我没有匆忙地回到那个城市，可是我也没有去找娴子。我知道自己考得很差劲，而娴子却整天忙忙碌碌地学习、写稿，所以我没有去找她。

我在这个城市形单影只地生活了一个月，再也没有让娴子见到我。

Girl

泽亚那天把我送回家后，我就再没有见到过他。他似乎在这个城市中蒸发掉了。我一个人孤单地背着单词，孤单地发呆……

我把长长的头发扎在脑后，然后一个人走路去上学，泽亚曾经说过他喜欢我长长的头发明亮飘逸的样子。没有他的时光，我就把头发扎起来了。

夜晚走在回家的路上的时候，我就感到很害怕，我感觉无边无际的黑暗将我瘦小的身体包围，像是一个魔鬼在吞噬幸福的所有内容。泽亚，你在哪里？你在和我体会同一种感受吗？泽亚，我真的好害怕，我需要一个人一直守在我的身边，不要离开我，一直让我感到很安全很安慰。可是泽亚，你现在在哪里？

每节活动课，我都想上 3 楼看看泽亚的教室，很想找回我们以前在一起时的记忆，很想抓住一个月前我第一次站在他面前，害羞地低着头脸红红的样子。可是我最终还是没有上去，我害怕记忆排山倒海、翻来覆去地压得我喘不过气来。可是我还是想起了那天晚上在下着小雨的街道上，他送我回家时的情景，我还是想起了每个阳光明媚的早晨，他考我单词时的样子……

Boy

我在学校图书馆看书的时候，看到了娴子。她一个人抱着一本厚厚的书在桌子旁安静地读。我躲开了，我害怕看到娴子发现我时脸上兴奋的表情和充满了期待的双眼，然后我就心软得一直在这个城市住下去。

相爱的人就要一直守在一起，可是我们不能，尽管我们相爱。

每个夜晚，我都会在学校的大门口等娴子下课。等到她下课后，我就悄悄地跟着她。女孩子一个人走夜路不安全，所以我每天都跟在她的身后，必要的时候在暗中保护她。好几次我都看到她哭了，她停留在我们共同驻足的地方掉眼泪。她说泽亚，你在哪里？我听着她颤颤的声音，恨不得马上冲上去告诉她，其实我一直都在她身边。

后来娴子不哭了，每个夜晚都有一个高高大大的男孩子载着她回家。他们有说有笑的样子很快乐，很像我们从前在一起的时候。

Girl

泽亚已经离开我很久了，我每天都在阳光下为他祈祷。我开始了另一种生活，结识了许多新朋友。和我一栋楼住的小刘天天都载着我回家。我想起了我和泽亚在一起的时光，怎么一眨眼就消失殆尽了呢？我常常会在梦中看到泽亚，看到他明亮干净的笑脸和他玩世不恭的眼神，看到我们一起走过的时光。然后就很开心地从梦中醒来。泽亚，你在哪里？亲爱的耶和华，请保佑泽亚幸福吧！

在夏末的一个晚上，我和朋友们一起去郊外放烟花。烟花在漆黑的天空中绽放的样子绚烂无比。可是这种绚烂怎么可能永恒地挂在天际？只要曾经瞬间灿烂过，又何必执著于永恒呢？

　　我把关于泽亚的往事收藏在抽屉最安全的那个角落里。因为我知道这种瞬间要比永恒更珍贵，我明白只有瞬间的美丽才属于永恒。

Boy

　　我回到了那个没有沙尘暴的城市。我在网上看到一个笔名为瞬间永恒的女孩发表的一篇叫《流星雨》的小说。我想起了娴子，我们的学校，还有我们一起在她家楼下种的玫瑰花……

　　我最后一次站在娴子家楼下的时候，我从窗户里看到她坐在她的电脑前泪流满面，我轻轻地说："娴子，我走了，再见，祝你幸福！"

　　是啊，如果一颗流星只是转瞬即逝地划过夜空，那么不管它的瞬间有没有定格，它还是留下了永恒的美丽。

　　繁华已经落尽，我把关于娴子的往事藏在心的最深处，因为我相信她给我的瞬间就是一个永恒。

别以
失恋
的借口爱我

淡蓝蓝蓝

请等我，在幸福拐角处

其实想找的一直在身边，离自己最近的人，却最容易被自己忽视。走了一个圆圆的轨迹，还好她还停留在原地。

1 倪妮就是我

倪妮就是我。

没有人相信我会有写日记的习惯。上学的时候，我的作文从来都是勉强及格，语文老师说我天生缺乏对文字的敏感。老爸老妈对我的成绩感到恐慌，他们关心我会考上什么样的大学，这关系到以后我会做什么样的工作嫁什么样的老公。他们想的总是很多很现实。

我的班主任也对我的成绩感到恐慌，她说倪妮啊，你再努力一下，我们班考上本科的人数就可能多一个，你要有集体荣誉感啊。

葛宁看了我的作文本之后很放肆地笑了。他说，倪妮，我相信你以后是可以当作家的，作家小时候一般都不循规蹈矩地写作文的。

葛宁就是我要告诉给你们的这个故事的男主角。

我没有打算当作家，但是我却为了葛宁这个人写了整整5年的日记。

葛宁知道吗？我说葛宁我一直在写日记。他点点头，然后说我真无法想像你的日记会是什么样的，坚持写下去一定会成为巨著的。

葛宁总是无视我的自尊心，或者是他习惯当我是哥们儿了，他对女孩子向来不细心。

我自己相信，我的日记如果坚持写下去一定会成为巨著。

别以 **失恋** 的借口爱我

②．故事的开始

那是 5 年前的一天。我读高三。

临到高考前的春天，班里忽然转来了一个剃着光头的男孩子，他的光头一下子就吸引了众多的眼球。德育处早就要求过男生的头发该留多长多长，尽管他们对这个新来男生的头型很是不满，但是也没办法要求他立刻长出头发来。

于是，班里的同学都在第一眼便记住了这个男生。而这个光头男生的光芒也很快在作文课上爆发出来；要命的是，这个光头的家伙居然坐在我的前面，常常一不留神就把眼光从黑板转移到他光光的后脑勺儿上。

那天上政治课，他突然递过来一张纸条，我当时正盯着他的后脑勺儿出神地想着中午食堂会不会有宫爆鸡丁。他的纸条显然让我有点意外，迟疑了一下才接过来，心里想这是小说里男孩子追女孩子最庸俗的套数，难道这光头小子也这么俗气。天知道我当时怎么会出现这个第一反应，也许是青春期的原因吧，这不能代表我不单纯，应该可以原谅。但是把纸条握在掌心的时候我还是紧张得脸上热热的。

"倪妮同学，请你不要盯着我的头！"打开纸条看到的居然是这样一句话，难道他背后也长了眼睛，居然能发现我的目光停留在他的光头上。

我的脸更红了，刚才自己的那个想法让我觉得很羞愧。

很多事的发生都是没有理由的，就像当时我并没有发现他怎样优秀，甚至我和他说过的话都不多；但是，我确实是从那个时候开始莫名其妙地对葛宁有了好感。

那个纸条事件之后，我和葛宁开始慢慢熟悉了，课间的时候他会回过头来说说话，甚至私下里把他写的小说给我看，我确信他以后会当作家的。葛宁总是说我大大咧咧的像个男生，或者正是因为我比一般的女生好接触，所以他和我的关系要比和其他女生近一些。

葛宁，你那天怎么知道我在看你的光头？

嘿嘿，这是直觉，我有第六感，而且你的目光好像还很有杀伤力，盯得我脑袋直发热。

那一天，我开始写日记，我记得有一句是：葛宁，如果你的目光有穿透力，你会发现我并不是像一个大大咧咧的男生那么单纯。

毕业了，郦歌渐起。

别以 **失恋** 的借口爱我

③ 倪妮的故事

葛宁如众人所料地读了中文系。我是无论如何也不可能坐到中文系的教室去的。

中文系才女云集，当然更不乏美女，葛宁写信过来总不忘提一提他视线范围里那几个才女加美女的人物，我自然也要回击性地向他炫耀一下我身边的帅哥。就这样，我们彼此祝福对方都能尽快开展大学里轰轰烈烈的恋爱。而葛宁很快便真的开始轰轰烈烈地恋爱了。

才子的爱情应该是浪漫的，看他在洋洋洒洒的几页信纸里讲述他的爱情细节，我感受着他的幸福，同时，也承载着兀自的落寞。

葛宁说他是在夏天的一个午后遇到那个传说中的女子的，她穿着吊带背心和很时尚的牛仔裤，10个脚趾甲涂着种颜色，在阳光中她的皮肤是很好看的小麦色。他们目光对视的时候，他就确定那是他该遇到的女孩子。葛宁给她写了很多诗，那些我向来看不懂的诗歌帮助他追到了那个女孩子。

读到那封信的晚上，我买了好多瓶指甲油，细心地涂抹在脚趾甲上，然后把脚伸得直直的，让下铺的老七品评。老七皱着眉头说，倪妮，就你这胖嘟嘟的小脚丫，在夏天的时候最好别暴露在外面，很影响个人形象的。再和她们去逛街的时候，我拒绝打遮阳伞，我说我要看看皮肤变成小麦色是否真的很好看。于是那个夏天，我的皮肤彻底遭受了太阳的荼毒。

没有人知道我为什么会这样做，或者，我只是为了在镜子里看看葛宁所认为的喜欢是什么样子。

葛宁的故事慢慢地多了，4年里，他的女主角也换了4个，有学画的，有学音乐的，她们无一例外都具备着艺术细胞，于是我渐渐明白，我可能永远不会是葛宁喜欢的那种类型的女生。

可是，直到大学毕业了，我也没有谈恋爱。

葛宁对我作了经典的总结：倪妮同学是一个失败的女生。我说那该怎么办呢。他说养几条金鱼吧，慢慢挖掘你天性中温柔的成分。

于是，我养了6条金鱼，我以它们妈妈的身份自居。

其实，我的性格里有很多温柔的成分，就像鱼缸里的水，包容着那6条金鱼的生活，很多人都看得到这一点。但是葛宁没有看到。

4 多么可爱的网络

我今年已经23岁了。我是6条金鱼的妈妈。我在网络公司做秘书。我没有谈恋爱。我有大把大把的时间泡在网络里。我有个很好听的网名叫"盛开的水"。我经常和一个叫"提线木偶"的男子聊天。

盛开的水：我为一个男人写了5年的日记，但是却没有告诉他我喜欢他，傻吗？

提线木偶：暗恋？小女生的把戏了呢！你都这么老了还玩这个，够傻，小心虚度时光。

别以失恋的借口爱我

　　盛开的水：你这种男人是不懂感情的。如果有人为你写5年的日记，你知道后会是什么反应？

　　提线木偶：我可不想因为瞬间的感动而去接受一个人，这样是对她不负责任。

　　盛开的水：呵呵，自大的男人啊！

　　提线木偶：哇，你这么一说我倒是想起来了，我有个好朋友也是写了5年的日记，她该不是也暗恋什么人吧，难怪还不谈恋爱呢。

　　盛开的水：搞不好，她是为你写日记呢，惨啦，你怎么办？

　　提线木偶：她怎么会喜欢我呢，她一分钟之内可以挑出我100条的缺点来。

　　盛开的水：那你觉得她怎么样啊？

　　提线木偶：嘿嘿，我一分钟可以挑出她101条缺点来，不过那是气她的，她是一个很好的女孩子。

　　我对着电脑嘿嘿地笑了，葛宁做梦也不会想到和他聊天的"盛开的水"就是他5年的死党——倪妮小姐。

⑤ 倪妮与葛宁的圆圈

　　有些事情是需要争取的，至少你要给这件事情以一个可以尝试着改变的选项，即便最后的答案依然是否定的，那么输也会输得心甘情愿。

在这一点我始终觉得我还不算太笨，就比如我对葛宁实行的ICQ战术。

"喂，葛宁，你今天怎么了，不好好吃东西总看我干嘛？"我一边大口地咬着汉堡一边好奇地看着对面的葛宁。他今天的确有些不太正常，下了班就在公司楼下等我说要一起吃饭，要了东西又不怎么吃总是偷偷盯着我。

"看你怎么了，5年前你还不是这样盯着我看。"

"哈，不过你的目光可是没有杀伤力的啊，看吧。"我心想，葛宁啊葛宁，难道你的目光还没有穿透力吗？

"倪妮，我这么一看才觉得其实你挺好看的哦。"

"倪妮，你怎么还不谈恋爱呢，不会是暗恋我吧？"

"倪妮，你穿套装的感觉很成熟，你真的不是5年前那个黄毛丫头了。"

"倪妮，如果你找男朋友会不会介意他曾经有过不算太丰富的感情史。"

我听着他絮絮叨叨地在那里自言自语，低头啃着汉堡，脸色绯红。

隔天上ICQ收到提线木偶的留言：从大学开始，一直在寻找理想中的女孩子，感情起起落落，总是为找不到而懊恼，现在忽然发现，其实想找的一直在身边，离自己最近的人，却最容易被自己忽

别以**失恋**的借口爱我

视。走了一个圆圆的轨迹,还好她还停留在原地。

⑥ 葛宁,金鱼的爸爸

160

秋天的夕照平和地照着城市里的人群,阳光穿过树叶的缝隙斑驳地落在路面上。葛宁和我一前一后地坐在公车里,我习惯性地看着他在风中微微抖动的发,一切静好如初,恰似那一年的初识。

就在我凝神的时候,他突然把手送到后面,递来一张褶得厉害的纸条。他那半隐在头发下的耳朵红红的,我在恍惚之间感觉又回到了5年前的那一堂政治课。

"倪妮,我可不可以做你金鱼的爸爸?"

我看着车窗外的那些人,他们行色匆匆地为生活忙碌着,但是我相信在他们波澜不惊的表情下,总会有着各自的幸福。

蓝梦雨枫

断桥上的两次生命

断桥就是断桥，有些人注定是要离别的。就算冬天的雪会让断桥连接起来，爱情的重量始终会让相爱的人深陷下去而无法自拔。

 痛并快乐着的青春

我喜欢的男生叫良杉。我曾经问他为什么身份证上的名字就像植物园中的树木名称介绍一样，他耸着肩膀跟我说他也不明白，或者两种不相干的东西加在一起，会变成人人喜欢的东西吧，就如同油和水加在一起，是油水这种人人喜欢的东西，这和把优良与杉木结合在一起是同样的一个道理。

说这话的时候，风从教室外边吹来，吹动良杉额前的头发，良杉抬起头，那明亮的眼睛，让我感觉比教室的日光灯明亮十倍以上。

良杉学的是土木建筑，整天背着大大的尺子和一筒图纸在校园里走，如同古代的仗剑侠士。他总是穿着一件蓝色的棉布衬衣，他说这是他哥哥送给他的，他会一辈子穿着到老到死。我问他那连结婚那天也穿吗，他点点头说是的。我说那我明白了，那你的朋友们夏天就倒霉了，会接到你的红色炸弹。他问为什么，我说难不成你要冬天穿一蓝色薄衬衣啊，那是代表你很寒碜，还是新娘很喜欢吃很败家啊！良杉不好意思地笑笑，他说这样只是想说哥哥对他来说很重要。

晚自习的时候我总是喜欢坐在良杉的前面，捧着一本法律书籍猛啃，啃累了拿出包包里的零食，然后回头看看埋头刻苦画图的良杉，拿着薯片在他面前晃。等他所有的注意力从图纸上转移到我手中的薯片后，迅速抽回手一口吃掉。看着他愤愤的眼神，我觉得欺负他将是我桑雪一辈子最大的乐趣。

大二的日子过得冗长而无聊，很多人都在体验初为油条的喜悦。不再早早起床而在上课铃声响之前走进教室，如何安全逃课而在期末考试又安全及格成了必要的技能，如何尖着嗓子替别人点名而不被老师发现成了一项伟大的"为人民服务"工程。大学是座营造勤奋的呆子与懒惰的才子的温床。当然，本小姐我属于才女类，自然得和懒惰扯上一点关系。其原因并不能怪我，谁知道法律这东西来得不苟言笑，以前为了博得大人的啧啧夸奖声读了这专业，读了后才知道要啃完那么厚厚的一本本法律书籍，而且还要如黄蓉那样倒背如流，融会贯通，如古代武林高手打通经脉那样，该出手时就要把那些条条框框的东西背出来，是多么的难为本小姐啊。

我看着镜子，想像着以后的我，是不是该加上一副金丝眼镜，站在法庭上用苍白的手指指点江山。我想像着我此刻吹弹欲破的肌肤是不是要为此牺牲在我的事业上，弄得自己肌肤干燥、满脸蹉跎的样子，这样应该可以给客户留下干练的印象吧。越想越觉得我读法律是在谋杀自己的青春，把这个想法告诉良杉的时候，那小子说这个根本是多虑了。我本以为读建筑的脑袋或许会比我这学文科的来得理性一点，理由应该也比较有建设性，谁知道他说桑雪你根本就无青春可言，从幼年就直接往中年奔去了；读法律是让你这孩子以后有一技之长，方便良杉我以后如果上市场买菜被人黑

了你帮我打官司赢回来。我反驳道,得了吧,你!你这小男人还会上街买菜?一看就知道是从小衣来伸手、饭来张口的。

良杉没再和我抬杠,从我说完那句话后,意味深沉地说,我是没有那种命的。

B 聚散两错落,如花开与花落,片片细数成长的经过

我出生在上有天堂、下有苏杭的杭州。母亲说出生的那天,是一个鹅毛大雪的日子,纷纷扬扬的雪花如漫天的梧桐叶,在天空中翩翩起舞,那绝美的舞姿如一曲天上人间的绝唱,缭绕在晶莹洁白的世界。从医院的产房向外望去,白色的世界中,隐约可见傲然兀立在远方的雷峰塔,那场雪为凄美的传说披上一件白色的外衣。

母亲爱怜地摸摸我的头,说,桑雪,你就是那场雪的孩子,所以我们给你取名桑雪。

我家就住在断桥附近,母亲说如果雪下得够大的话,从桥下积起的雪会盖住断桥的断处,远远地望去,似乎桥就是完整的,不曾断开。

我问母亲,那桥被雪修好了,那么许仙可以见到白娘子吗?

母亲点点头,她告诉我:只要有爱,没有什么不可以,奇迹会等待有爱的人。

我似懂非懂地点点头,心里希望这场雪一直下,一直下,下到

许仙和白娘子的爱情天长地久。

在我8岁的时候,邻居的小孩子都是一群调皮捣蛋的小鬼头,拿着梯子颤巍巍地爬到屋檐下,掏出燕子的窝细细把玩;或者是在一堆的鹅卵石中细心找寻,那种可以在黑夜中打出火花的打火石。

不过,最让我们这群小鬼头喜欢的,莫过于西湖中那一个个好吃的菱角。菱角掩藏在水中,一个个黝黑如牛角的身躯中包含着好吃的果实,而且吃完后的那个牛角形状的壳,还可以让我们乐此不疲地玩上一个早上。那对当时的我们来说,可以算得上是一种诱人的东西。

夏日里的西湖是美丽的,岸边青黄色的花朵遍地开放,偶尔还会飘过白色如柳絮般的芦苇花,波光鳞鳞的湖面时而清澈,时而又深不见底。江南的底蕴如泼墨的山水画,在西湖的湖面氤氲开来。

江南的旖旎,是一种道不出的清香。

我们常常划着小船,到熟悉的水域游泳,顺便看看水底下有什么好玩的东西。我记得当时的男生都是光着屁股,一个旱鸭落地式地"坐"入水中,溅起一大片的水花,然后在湖的另一头露出头,嘿嘿地对我们笑。我的水性很好,至少不会比男生差,我常常取笑他们只敢在熟悉的水域游泳,难怪这里的水下都没有好东西。我的野心随着探询其他水域下的好奇心慢慢扩展,看着每次我从其他地方捞来的荷藕或小鱼,那群男生总是说桑雪厉害得就像他们的公主一样。

别以**失恋**的借口爱我

自那以后，我就是那群小鬼头的大姐大，说一不二。

直到有一次，那天我执意要去更远的水域看看，说不定会有让我们惊喜的好东西存在着。当我说出这个想法后，本来跟着我游泳的那群男生个个像王八似的缩回了头，个个直往回游。我刺激他们道，待会儿我找到好东西，你们可别眼红啊！可是还是没有一个男生敢跟过来，我在嘲笑他们一番后往我好奇的地方游去。

这是一片很少有人来过的水域，我看见高高的水草间插其中，各种说不清名字的鱼儿在此间畅游，我潜入水中，正想好好地一探究竟。突然，脚踝上似乎被什么咬了一口，剧烈地疼痛起来，我回身一瞥，是水蛇。我慌了，拼命地游，脚却怎么也使不上力气。我抱着一根类似树根的浮木，大喊着救命，可是只有我的回音，这片水域一个人也没有。我慌了，心里的后悔如同脚踝上的痛楚蔓延开来。也不知道喊了多久，天色渐渐暗了下来，我累得睡着了，似乎梦中有人把我奋力地往岸边拉。醒来的时候，我发现我已经在岸边了，我捏捏自己的脸，这似乎是现实。在我的旁边，是一个和我差不多年纪的孩子，短短的头发，明亮的眼睛，浑身也是湿漉漉的。

我问他，是你救了我，是吗？

他没有抬头，只是默默地点点头。

我在眼泪没有流出来之前说了句谢谢，挣扎着想要站起来，却发现脚踝已经肿得老大，剧烈地疼。

他说，别担心，那水蛇是无毒的，过几天就会好。你先呆着，我帮你叫大人来。

我朝着他的背影喊：喂，你叫什么名字？

他没有回答我。

我看着他的背影渐渐消失在夜色中，心中酸楚得难受，道不清是对自己任性的后悔，还是得救后的心怀余悸。

大人们很快就来了，在几束手电筒的照射下，我看到了母亲的脸，我的眼泪哗地就流了出来，扑在母亲的怀里放声大哭。

转过身，我又看见了他。

远处一个比他大一点的男孩叫了一声：良杉，该回去吃饭了。

尔后，等不及我向他致谢，他就匆匆地消失在夜色中了。

从那以后，我再也没有见过他，他就像一个过客，擦肩而过，消失不见。

我问母亲，我会再见到我的救命恩人吗？

母亲摸摸我的头，说了那句曾说过的话：只要有爱，没有什么不可以，奇迹会等待有爱的人。

我坚信母亲的那句话，我相信，总有一天，那个叫良杉的男孩子，我们一定会在人群中再次遇见的。

厚重的记忆包袱

我觉得这辈子说的最后悔的一句话，就是说了良杉是从小衣

別以
失恋
的借口爱我

来伸手、饭来张口的孩子。这个错误我是在后来从老师的嘴里知道的，良杉是个孤儿，自小就被抛弃在断桥边上，后来好心人把他送去了孤儿院。再后来，和蔼可亲的冯校长收留了他，并给他取名良杉，告诉他，你的爸妈不是不要你了，而是为了工作去了很远很远的地方，总有一天，他们会回到断桥这里，然后接你回家。

小良杉那时候每天做的事情就是坐在断桥边上，看着人来人往，等待着爸爸妈妈走过来，期待他们对着说，来，良杉，爸妈带你回家。

可惜，天总是要捉弄人的。

痴心的小良杉等过了一个冬天，又一个冬天，等到雪花把他的眼睛眉毛都染成了白色，他也不管，直到刀疤来喊他回去。

他，是个倔强的孩子，刀疤也是。

刀疤比良杉大两岁，也是个孤儿，出生的时候被狠心的父亲扔在孤儿院门口，是自己的号啕大哭引来了冯校长，这才进了孤儿院的。刀疤不爱说话，但是却很照顾良杉，无论有谁欺负良杉，刀疤总会挡在良杉的面前，包括有一次刀疤替良杉打架时胳膊上挨的那一刀。那一刀砍得深切，伤好后一条醒目的刀疤就无法磨灭地铭刻在那里，于是刀疤的本名渐渐没有人叫了，大家习惯了叫他刀疤。

等待对良杉来说是漫长的奔跑，无休无止，没有终点。

直到有一天的中午刀疤跑来叫他，告诉良杉冯校长不行了。痴心等待的良杉这才像从梦境中醒来，结束了那场没有未来的等待。

冯校长去世后，良杉没有再去过断桥，他不愿意再去等待那遥远而陌生得毫无意义可言的亲生父母。

在他的世界里，刀疤才是他惟一的亲人。

开始懂事的良杉渐渐成长起来，在十几岁就离开了孤儿院，和刀疤一起生活。良杉是块读书的料，在孤儿院中的学习成绩是最好的，出来之后他和刀疤就住在一所废弃的小木棚里，体验着生活的艰辛。良杉从那以后的愿望就是自己将来有能力以后，要亲手建一座房子，给刀疤住。因为刀疤执意不肯让良杉出去工作，自己在工地里扛水泥，搬砖头，供良杉读书。

终于，工夫不负有心人，良杉考上了这所重点大学的建筑系。

在听完老师讲的良杉的故事后，我发现我那天说的那句话，与其说是笑话，倒不如说是一把刀子，往良杉的心口上插。

D 能不能做我的月光，一辈子只守护我的窗

只要有爱，没有什么不可以，奇迹会等待有爱的人。

我一直记得母亲的这句话，我相信，我和那个救过我性命的良杉，总有一天，会在茫茫人海中相遇的。

一恍惚，流年过，西湖的水养大了那个疯狂的小丫头，我不再是那个嘲笑男生的大姐大，而是成了重点大学法学系的一名学生。

别以 **失恋** 的借口爱我

169

法学系的管理制度之严厉是出了名的，这点从女生宿舍每间一台的电话就可以看得出来。大家没有办法出去，和外界的男性保持联络的方法仅仅依靠电话而已。

假如说什么电器可以获得法学系宿舍年度奉献奖的话，那非电话莫属。一到晚上 7 点开始，电话的铃声，接电话的吼叫、嗲声不绝于耳。一部电话，被宿舍的 8 个女生轮流使用，每当一个人讲得忘乎所以，声音甜得估计有糖尿病的时候，其他的 7 个人便会用一种虎视眈眈的眼神望着接电话者，提醒她别把占线当成理所当然的事情。这样一来，接电话者必须具备有当年秦始皇并吞六国的气势，用额外的眼神震住群雄。

因此，每个夜晚徘徊在法学系女生楼下的，除了该楼女生的男友外，就是一些做学生生意的学生。

时不时地就会听到某某寝室传来，哎呀，卡又打完了。不会吧？刚查余额还七块多的呀！然后，又一个高分贝的声音传来，你都打了一个小时了，你以为中国电信是你家开的啊！好了，好了，换我打了。

我就是在这样的环境中再次遇见良杉的。

当时的他背着一个挎包，挎包是很久以前的款式，有好几个地方都破掉了。不知他用什么狡猾的方式躲过了宿管员老阿姨的视线，进了女寝。我本来以为是哪个女生的农民男友跑来看她，一看居然错了。只见他彬彬有礼地顺着一间宿舍一间宿舍问，你们要买 IC 卡、983 卡、200 卡、IP 卡吗？我给你们打八折。

原来是卖卡的，我暗自想，看来我看人的眼光还是需要改进改进了，想想自己的卡好像也用完了，就跑过去跟他买了一张 IC 卡。拿钱给他的时候我觉得我们似曾相识，我问他我们是不是在哪里见过，他笑着说没有吧，今天我是第一次爬进你们宿舍的。最后，他要离开的时候给了我张小纸条，告诉我以后要买卡可以找他，可以再优惠一点的，纸条上是他的名字和电话号码。

我看着纸条，上面写着：良杉，32579543。我突然想起了些什么，冲出女生宿舍楼的时候，远远地，我又看见了那个背影，那个给我第二次生命的人。

我想要喊他的名字，却怎么也喊不出口，我喃喃自语着：我有两次生命，一次是出生，一次是遇见良杉你。

在一朵花开的瞬间

当我站在良杉的面前，告诉他我就是当年你救起的那个小女孩时，良杉笑了，没想我们的第二次见面居然是以这样的方式见面，他说他还以为是生意上门了呢？我笑着说他整个儿一奸商，也不想着一个大美女站在你的面前告诉你你是她的救命恩人，这比什么生意都来得重要吧！

良杉摇着头说别别别，如果你是打定主意来以身相许的，那就

別以

失恋

的借口爱我

免了,那时候救你只是被你吵得心烦,不得已才去救你的。

我带着怀疑的眼神说,是嘛!是嘛!难道你不认为我是个美女胚子才去救的呀,那我是太自负啦!

良杉摇着头特肺腑地说,别那么说,你也不是没有什么可取之处的,至少从现在看来,你的坦率还是很惹人喜欢的。

我问良杉,坦率是怎么总结出来的?

良杉说,从你认为自己太自负那一刻起。

我在那一刻认为我和良杉的重逢一定不会出现如湖南卫视《真情》中那种煽情的镜头了,亏我还准备了一大堆我找他找得好苦这类让人黯然神伤的话语。看来,是不需要了。

F 命运,原来是有交集的

从那以后,良杉这个名字,再次用深刻的力度写进了我的生活。

借着良杉是我的救命恩人的旗号,我实行反客为主的政策。本着为宿舍的姐妹们谋福利,不让社会主义朝资本主义发展的势头,我老是找良杉买电话卡,把本来他打算打八折的电话卡当成七折来算,并且一再申明本人的算术实在不好,乘法运算老师只教到把整数乘于 0.7,如果乘于 0.8 的话,就会出现错误与昏迷状态。良杉是个好人,看在薄利多销的经济原则上勉强同意了,并且一再强调这样做的话,是为了支援我们法学系那些长得有点抱歉的同志们。

为了给她们的人生回忆中加点早恋的历史，良杉可是豁出了本了。

我常常问良杉，你肯定很有钱吧，老是赚我们学生的钱，考试前卖蜡烛，情人节卖巧克力，你简直就是一小商人，说，银行存折几位数？

良杉笑着说自己一贫如洗，赚来的钱只是为了交纳明年的学费。

我瞪着比日光灯更明亮的双眼说，你自己赚学费啊？！

良杉点点头。

我顿时对眼前的这个恩人燃起了学习他好榜样的念头。

我把玉手搭在良杉的肩上说，恩人，以后要"腐败"记得带上我哈！呵呵！

良杉摇摇头，说，与其带你"腐败"，还不如给我哥刀疤买件衣服。

飞蛾扑火是种堕落，挥手诀别是种解脱

第一次见到刀疤，是在校门外的水果摊上，刀疤推着一摊水果，有点寒冷的天气里居然还打着赤膊，胳膊上的刀疤很是醒目。听良杉说，刀疤大不了良杉几岁，可是我看刀疤的样子明显就比良杉老了好多，沧桑的脸上都是劳碌的皱纹。我问刀疤，你是不是小时候特爱看郑伊健演的古惑仔啊，不然怎么有那么大一条刀疤？这个问题似乎没有引起多大的反响，我看见他和良杉只是笑笑，并不回答我。

　　良杉把和我一起去挑一件长袖衬衣送给了刀疤，刀疤小声责怪着良杉乱花钱，但是我看得出，刀疤很开心，像是一个小孩子得到了自己最心爱的玩具。

　　临走的时候，刀疤挑了很多水果送给我，他说良杉的朋友就是他的朋友。

　　那一天，我觉得又交到了一个可以交的朋友。

174

　　打那以后，我常常见到刀疤，因为水果对女生来说，简直就是比每天去食堂抢饭更重要的事情。宿舍里那群整天为某男立志减肥的同志们，立志把水果当饭吃，这不能不说在我的作用下，带动了刀疤那水果摊生意的繁荣。

　　刀疤总是很感谢我，老是执意不收我的钱。

　　我当时就打趣地说，我桑雪在大学做的惟一的好事，就是牺牲了自己，繁荣了你们兄弟俩，看来今年我有望提名"校有为青年"了。

　　一年过去了，转眼就进入了大四，人人都在为自己的前途盘算着。对于我，家里的关系似乎没有到可以让我安枕无忧的地步，我常常去一场又一场的招聘会，可是每次都是郁郁寡欢的样子，因为符合我的专业的实在太少，要么又都被人用关系占去了位置。回来的时候路过刀疤的摊子，他问了我原因，然后拿出一个画着笑脸的橘子，跟我说，别泄气，我相信桑雪一定可以找到好工作的。

　　从那以后，我每次去招聘会，刀疤都会拿着一个画着笑脸的橘子给我，并且鼓励我。

尽管之后我依然没有收到合适的单位的录用通知，但是看着那些橘子，我觉得很欣慰。

几天后，是刀疤的生日。

我买了一个漂亮的打火机给刀疤，刀疤很开心地收下了，并且告诉我这是他刀疤这辈子第一次收女生的礼物。那天，我和良杉、刀疤都喝了很多，以至在后来良杉说了很多，我都记得不太清楚了，惟独记得一句：桑雪，你知道吗？我哥刀疤很喜欢你。

我当时醉得不行，睡了过去，权当是玩笑话。

我的爱是折下自己的翅膀，送给你飞翔

第二天晚上，良杉打了电话叫我下去，我们在学校的操场上坐下，良杉说他有重要的事情要和我说。我说那就说吧，婆婆妈妈的我看着难受。良杉说，桑雪，昨天我说刀疤喜欢你不是玩笑，是真的，你可以接受我哥吗？

我一怔，随即沉默了。

良杉一直絮絮叨叨地说着刀疤人不错、性格很好等这类的话。

我一句也没有应他。终于，我忍不住了，我对他吼了一声：良杉，你当我桑雪是白痴是不是？刀疤人好我又不是不知道，不用你做宣传。我桑雪这辈子只希望和一个人谈恋爱，可是那个人却在为别人说媒。

　　这下换良杉沉默了,四周变得万籁俱静,就连蚂蚁的脚步声都可以听得清清楚楚。

　　伤悲,是失恋的咖啡,一杯又一杯。

　　落泪,是绝爱的买醉,半途也不废。

　　那天回去以后,我蒙在被子里暗自流泪,我喜欢的男生站在我的面前把别人推销给我,而我除了沉默,还能挽回些什么。

　　就这样流着泪到天亮,我在被窝里给良杉发短信。

　　良杉,你真的希望我和你哥走在一起么? 你真的舍得欺骗自己的感情么?

　　良杉很快就回了消息,上面写着:刀疤是我这辈子最重要的人,没有刀疤,就没有我良杉的存在,无论什么东西,我都不会抢我哥的。

　　我看了后伤心透了,回了一句:良杉你去死吧,我不是你哥的东西,我是我。

　　之后,我躲着良杉和刀疤,我决定不再见他们。

　　同时,系里刚好下来了一个去西部支援的名额,我报了名。

Ⅰ 无能为力,是这份爱的呼吸

　　我用不辞而别的方式告别了这座城市,尽管在要去车站的时候,我还是偷偷地站在良杉的寝室外,最后看一眼我曾经等待的人。

　　火车快要驶离杭州的时候,我看着远处那隐约的雷峰塔的轮廓,想起妈妈曾经说过的:只要有爱,没有什么不可以,奇迹会等待有爱的人。

我想,妈妈或许是不忍破坏我儿时的美好幻想吧!

我想起离家不远的断桥。断桥就是断桥,有些人注定是要离别的。就算冬天的雪会让断桥连接起来,爱情的重量始终会让相爱的人深陷下去而无法自拔。

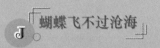
蝴蝶飞不过沧海

多年后的某天,我在和一个南方的客户聊天的时候,看见了他手上的一份南方的建筑周刊上,一个让我再熟悉不过的名字。

设计者:良杉。

在那幅精妙绝伦的设计图下,有这么一句话:送给某个出生在雪花漫天时的小丫头。

设计图的题目是《错过你,错过爱》。

我泪流满面,只是喃喃着:我有两次生命,一次是出生,一次是遇见良杉。

別以 **失恋** 的借口爱我

于筱筑

把谁丢失在风里

冬天会过去的，春天会过去的，夏天会过去，秋天也会过去的。一切都会过去的。可是PUCCA，你寂寞吗？

1997 年的林耀辉

戴浅浅头发还没干就被室友扯下楼去了，坐在最前排的位置半天了，她才明白原来今天是迎新晚会。她很认真地看节目，她来学校才两天呢。看到第三个节目之后，戴浅浅就很有兴致了。看来这个学校还是有水平的，戴浅浅觉得填志愿的时候做了一个正确的选择。

主持人报出最后一个节目的时候，后面的大二女生开始尖叫起来，大声喊一个叫林耀辉的名字。戴浅浅纳闷了，林耀辉是谁啊，怎么这么受欢迎呢？看到林耀辉走出来，后面的女生就更激动了，可是戴浅浅却笑起来。那个林耀辉穿的什么呀，黑色的牛仔裤和大红色的毛衣，头发乱乱的；关键的是他穿了一双驼色的长靴，腰上还系了一块像藏族人衣服的围布。戴浅浅觉得他多么像一个猎人啊。

林耀辉唱了一首慢歌。暖风吹来……他唱着唱着，发现第一排的那个女生一直在笑，真特别。他就把手上的玫瑰花向她扔过去。后面的女生又开始尖叫起来。

可是这个幸运接到花的女生居然不买他的账，这女生居然把接到的花又用力扔回到舞台上。真尴尬啊！干出这样尴尬事情的，就是我们新入校的戴浅浅同学。

林耀辉在台上真的是像后来张学友唱的歌一样，心如刀割了。

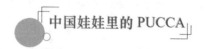

中国娃娃里的 PUCCA

戴浅浅下楼准备去打饭的时候被人拦住了。戴浅浅昂起头打量这人一眼，这人轮廓深深的。他说，原来你就是新闻二班的戴浅浅。戴浅浅说，是啊，怎么样？

两人对峙半天，良久那人说，我是建筑系的林耀辉，我、我想请你吃饭。

戴浅浅不露声色地笑一笑。她怎么不知道他就是林耀辉啊！她又怎么不知道他是来找茬儿的啊！可是她不说。她拿起饭盒，安静地跟在林耀辉的后面。

林耀辉端了一个饭盒过来。戴浅浅问他，你自己为什么不吃。林耀辉笑一笑，我已经吃过了。戴浅浅疑惑地看他。林耀辉低下头去，看到戴浅浅放在桌子上的钥匙，那钥匙上面有两个小小的中国娃娃。上面的 PUCCA 头发是团团的，红色的嘴、黑色的眼睛看起来很漂亮。林耀辉就把那个娃娃拿起来。他问她，你把男娃娃送给我好不好？

戴浅浅把嘴一撇，我为什么要送给你？

林耀辉很坏地笑，那我抢。说完就开始从钥匙环上解。戴浅浅急了，要去拿自己的钥匙。可是林耀辉根本不管她，手一缩，还是看着她笑。戴浅浅说，我要哭了。

林耀辉笑得阳光极了，露出整齐的白色牙齿。你一哭我就还给你。

戴浅浅哭不出来，可是她很生气。她看着自己的 GARU 被那个坏小子拿走了。阳光很好，她站在饭堂门口眯起眼睛看着林耀辉的背影。然后戴浅浅低下头，她看着手上吊着的钥匙扣，轻声说，PUCCA，你寂寞吗？

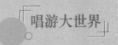

唱游大世界

10 月到了，校园的樱花开得一树一树的，馥郁极了。戴浅浅坐在 2 楼的宿舍阳台上看一本书，暖暖的花香让她觉得很舒服。戴浅浅看着看着想睡觉的时候，就听到有人叫她。她睁开眼睛，看到林耀辉站在楼下。戴浅浅搬了凳子就想进屋。可是林耀辉大声喊起来，戴浅浅，是我不好。我不该抢你的娃娃。你原谅我好不好？我请你去看演唱会。

戴浅浅一听就乐了，演唱会啊！北京路上到处都贴了王菲演唱会的海报，真漂亮啊。可是演唱会的票价那么贵，戴浅浅正考虑怎么找家里要钱呢。现在有人请自己去看演唱会，多好啊。

戴浅浅咚咚咚跑下楼。林耀辉，你把刚才说的话再说一遍。

林耀辉点点头，再说 10 遍都没有问题。戴浅浅，我请你去看张学友的演唱会。戴浅浅一听就泄气了，啊！张学友啊？我还以

为是王菲呢。

林耀辉赶紧说，没关系没关系，我们就去听王菲的。林耀辉挠挠他短短的头发，不过好像明天就开始了，现在很难排队。这样好了，明早 7 点的时候我来找你，你等我。

还没等戴浅浅说话，林耀辉转身就跑了。戴浅浅转身上楼的时候，觉得心里空空的。

第二天 7 点的时候，林耀辉来喊戴浅浅。戴浅浅走下楼看到林耀辉的眼圈黑黑的。林耀辉，你昨天没有睡觉么？林耀辉一把拉起戴浅浅的手，快啊快啊，演唱会就要开始了。

这男生真莽撞啊。戴浅浅被林耀辉拉着手跑出校门的时候，大家都看着他们两人。戴浅浅觉得幸福极了。可是她挣脱了林耀辉的手，林耀辉停下来，看一眼，两个人的脸都红了。体育馆里王菲在唱，你眉头开了，所以我笑了。

走过 1999

戴浅浅走路的时候喜欢把手放在林耀辉的手中，林耀辉把握着戴浅浅手的手放到口袋里。这小小的动作让人觉得温暖。戴浅浅觉得自己就像拥有了全宇宙一样。

林耀辉对戴浅浅真是好，让好多人都妒嫉了。只要戴浅浅打电话来，林耀辉不管隔多远、有什么事都会赶来。戴浅浅自己也觉得很满足，有时看着窗外的落叶都会笑起来。年少的恋爱是多么好啊！

那个冬天的黄昏，戴浅浅和林耀辉坐在学校的小饭堂里，两个人的钥匙都放在桌子上。戴浅浅钥匙上的 PUCCA 正咧着嘴笑，林耀辉钥匙上的 GARU 炸着头发在生气。戴浅浅突然想起来两个人第一次见面的时候，他把 GARU 叫成男娃娃。

戴浅浅对他说，多吃点，吃了可以好好踢球。林耀辉点点头，大口大口吃饭。戴浅浅又问，那天为什么你自己不吃饭呢。林耀辉很憨厚地笑起来，因为那天我口袋里只剩下 5 块钱了。我只好让你吃，我不能让你饿啊。

戴浅浅感觉有眼泪在眼眶里打转转了。林耀辉，你真是个坏家伙。

冬天会过去的，春天会过去的，夏天会过去，秋天也会过去的。可是有你在身边，我就不会寂寞。你说，PUCCA 和 GARU，怎么会分开呢？

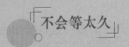

不会等太久

大三了，戴浅浅为选报北京一所名校的研究生做准备了。两个人坐在空空的公车上，戴浅浅靠在林耀辉的肩上，林耀辉轻轻给她唱一首《走过 1999》的歌。戴浅浅突然问，耀辉，以前一定有过很

別以**失恋**的借口爱我

183

多女生喜欢你吧。那，我是你最喜欢的那个吗？林耀辉想一下，笑一笑。戴浅浅突然就伤心了，他这么迟疑，自己显然不是他最喜欢的那个。

戴浅浅很认真地说，可是林耀辉，你一直是我心里最爱的那个人。

戴浅浅下了车就一个人跑了。天上下着很大的雨。戴浅浅心里想，真好，这样我流泪的话就不会让别人看到了。戴浅浅从来就喜欢坐在阳台上看哗啦啦的雨，喜欢把心事都讲给大雨听。雨一停的话，天就晴了。

林耀辉从后面追上来，他一把抱住戴浅浅。他轻轻地说，我不会让你等太久。

这漫天的雨里，戴浅浅好像突然就听到了自己心裂开的声音。戴浅浅觉得自己的爱情不完整了，那一地破碎的样子，是他给她的。

天上的胖胖月亮

戴浅浅在快毕业的时候跟林耀辉提出分手了。2001 年，当时林耀辉正在筹备他在中大校园里的最后一场演唱会，演唱会的名字叫"林耀辉和他的朋友们"。林耀辉是个好好心的人，大家都喜欢他。他对男生女生都那么好。

晚上戴浅浅穿了一件肩膀上有橙色和白色条纹的背心，一条

橙色的 Ａ 字裙。她搓着手,在樱花树下跟林耀辉说,我们分手吧。林耀辉一下子就愣了。戴浅浅说,我考了北京的研究生。你家在广州。你说过,你不会离开这里的。

戴浅浅轻轻地说,你好好照顾自己。然后转身就离开了。

林耀辉跑上来拉住戴浅浅的手,浅浅,你和我开玩笑的对不对?戴浅浅没有说话,继续往前走。她是一个倔强的女孩子。很久,她说,我想了很久才做的这个决定。耀辉你知道的,我不会轻易给出我的决定,但是给出了就不会轻易改变。

戴浅浅往回走,林耀辉一直很安静地跟在后面。

戴浅浅上楼了。夜色很好,天上的月亮胖胖的。戴浅浅在床沿上看得到楼下隐约的影子。樱花开得多好啊。戴浅浅很久很久在床上睡不着。她轻轻地下楼,你为什么不回去呢?你不要让我看不起你,林耀辉。

林耀辉很倔强地看着她,眼睛亮亮的,看不看得起是你的事,回不回去是我的事。戴浅浅突然很想把他攒起的眉头抚平,突然很想陪他一起到天亮。可是她想起他迟疑的眉目神态,她说,你不回去的话,我连你的演唱会都不会去看了。

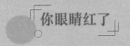

你眼睛红了

林耀辉开毕业前最后一场演唱会的时候,天上下着很大的雨。

可是这并不影响大家的积极性。学校大礼堂里 4000 个座位全部挤满了人，成了伞的海洋。林耀辉在台上唱那首《走过 1999》的时候哭了，大家那么热情，一直在喊他的名字。是啊，就要毕业了，谁会舍得谁呢。

"那时候，你喜欢把手放在我手中，让我把你紧握，小小动作赢过全宇宙。这时候，我喜欢把手放在我口袋中，让爱指尖流动，穿过地球穿过拳头穿过心头……"

几乎全场的人都在跟着林耀辉一起唱，可是前面第一排的一个位置却一直是空的。林耀辉在台上说，我心里最重要的一个人今天没有来。她可能永远都不会再听我唱歌了。然后林耀辉开始弹吉他，那么哀伤的样子。

戴浅浅来的时候演唱会已经开始快一半了。此后的林耀辉一直没有再说话。他很认真地唱歌，唱歌的样子让人心疼。戴浅浅太急着从导师家出来，她没有打伞，所以她的头发是湿的，就像她第一次来看林耀辉的演唱会一样。

不过那个时候她坐在第一排，现在她站在最后一排。那个时候的她格格地笑，现在的戴浅浅却在哭。好多女生都在哭。

很多故事，都是笑着开始，哭着结束。

最后一首歌林耀辉唱的歌词是这样的：你眼睛红了，所以我哭了。

2003 年的戴浅浅

戴浅浅很努力地考上了研究生，去了北京。两年的时间，改变了许多东西，也让她记起了许多东西。她始终觉得少了点什么。这城市虽大，终究不属于自己。

2003 年底的时候，北京王府井贴出了大大的王菲演唱会海报。戴浅浅站在海报前好久好久，最后转身离开。她马上要离开这座城市，飞往广州。她想念广州。毕竟在那里生活了 4 年，那里的每条路都如此熟悉。那才是属于自己的城市。

戴浅浅坐在天河体育馆里挥舞着荧光棒看张学友的演唱会。戴浅浅坐在中间靠前的位置，看着张学友在上面轻轻唱歌。她觉得自己好像又看到了那个穿着红毛衣、黑裤子像个猎人的林耀辉。广州的天气多么湿润，戴浅浅伸出手来轻轻擦自己的眼睛。她低头的时候听到张学友轻轻唱起来：她来听我的演唱会，在 17 岁的初恋第一次约会。男孩为了她彻夜排队，半年的积蓄买了门票一对……他清唱的声音那么好听。大家安静下来。

可是戴浅浅突然听到一阵嘈杂声。她把头抬起来，看到演唱会前面搭建的观众台突然倒塌了，最前面好像还有人受了伤。大家骚动起来。

沸腾的气氛很快被安抚，演唱会依旧继续。

有一两个受伤的人被担架抬出去送到医院。戴浅浅突然想起

别以 **失恋** 的借口爱我

187

林耀辉来喊她看演唱会时黑黑的眼圈,她想起林耀辉在樱花树下伤心的样子,她想起毕业的演唱会上他最后唱了一首王菲的歌。

戴浅浅再抬起头来的时候,她看到有一个担架上的人穿着一件红毛衣。戴浅浅霍地站起,跟旁边的人说,让一让,让我出去一下。她那么焦急,她的声音是发抖的,眼泪涌出来。她走到过道上跑起来,耀辉,耀辉。有保安过来拦住她,要她回位子上去。她留着眼泪说,我朋友受伤了,我想去看他。求求你。

最爱演唱会

其实戴浅浅知道,林耀辉最喜欢的是张学友,他攒了很久的钱想去看他的演唱会。其实戴浅浅知道,他和她去看王菲演唱会之后他吃了很久的方便面。其实戴浅浅也知道,在她的心里,从来就没有忘记过林耀辉。

如果她把林耀辉忘记了,她就不会在演唱会上失控;如果她把林耀辉忘记了,她就不会去看张学友的演唱会。戴浅浅那么怀念她的大学时光。她悲伤地觉得人大了是很难再交到朋友的,因为一旦有了固定的生活就很难接纳新的人和事。爱情也是如此,因为要在许多年许多年之后,你才知道,当你在青葱的过往时光里想起那个人,你还是会泪流满面,你还是会愿意去为他做任何事。

那天演唱会担架上穿红毛衣的那个人不是林耀辉。

2004 年的春天，广州春暖花开。戴浅浅坐在办公室的时候，钥匙放在桌子上。上面有一个咧着嘴笑的中国娃娃，漆已经掉了。

冬天会过去的，春天会过去的，夏天会过去，秋天也会过去的。一切都会过去的。可是 PUCCA，你寂寞吗？

别以

失恋

的借口爱我

Hehuabo

眼角眉梢的一场青春事

他们三人，依然喜欢在有月光的晚上坐在草地上，谈论最多的就是高中时脸上的青春痘，还有朵拉为青春痘哭鼻子。然后彼此开怀大笑。

高一新学期，编排座位，朵拉扭头就被一张脸吓个半死，戴着丑不拉叽的眼镜，还长那么多的青春痘，一只手还抓呀抓，恶心。朵拉发出尖叫，男生只傻傻地笑，朵拉问："你叫什么名字？"

"黑板上写着呢，你没长眼睛呀？"

"范淼淼？"朵拉看了看黑板，又转过头说，"名字和你的青春痘一样恶心，怎么有你这样丑的男生哦！"范淼淼不说话。朵拉是美女，有张干净、白皙、好看的脸。范淼淼在美女面前一向很少说话。后面女生拍他肩膀，他回头时却忍不住尖叫，那女生满脸青春痘，递过来一张表单，范淼淼拿起单子念："陈拉拉？"她点了点头，范淼淼就大声说："你真是个美女！"

"你也是帅哥！"

"那我们，是美丽同盟？"范淼淼话没说完，陈拉拉已笑得花枝乱颤。范淼淼大呼："美丽同盟万岁！"所有同学的目光都聚了过来，朵拉厌恶地在心里说，他们真是天生的一对恐龙！

2

朵拉和陈拉拉在下课时间经常斗嘴。朵拉说："班上有你这样丑的女生，简直就是耻辱！"

别以**失恋**的借口爱我

191

陈拉拉说:"你没有青春痘,你是小孩子,你发育不良!"

……

两人的唾沫星子飞来横去,而范淼淼就坐在她们中间,差点被口水淹死。范淼淼拍案而起:"别吵了,能在一个班同窗3年,是一种缘分,我们都要彼此珍惜!"

朵拉哑然,陈拉拉惊讶得用眼睛瞪着他。朵拉说:"范淼淼,你真帅!"

范淼淼红着脸,没好气地说:"是吗?"

"你真的很帅,因为你有男子汉气概!"朵拉又说。

范淼淼在朵拉心中的形象的第二次改变是在中期考试成绩单发下来以后。其貌不扬的范淼淼一举夺得了第一名,第二名是陈拉拉。当时班上就有很多同学惊呼:"好厉害的美丽同盟!"然后一阵哄笑。班长说,这是因为他们有青春痘,脑子发育快,好使!朵拉只说了一句:"真是人不可貌相!"

朵拉排第十六名。朵拉第一次觉得自己是花瓶。

范淼淼和陈拉拉的优秀不仅表现在学习上,范淼淼写得一手好字,陈拉拉的绘画和她的长相成反比,两人负责教室后面的黑板报。阳光温暖地铺在安静的空气里,七彩的粉笔末在旋舞,朵拉觉得那样的情景很美丽。人人都说郎才女貌,朵拉才是班上第一美女呢,可范淼淼身边的女生却是陈拉拉。

朵拉和陈拉拉成为好朋友是在高二下学期。范淼淼奇怪地问："你们怎么就突然成为好朋友了呢？"她们异口同声地笑着说："因为我们的名字都有个拉字呀！"

这不是范淼淼想要的答案，但他没有追问，打心底为她们高兴，以后不再有对骂的唾沫星子飞到他的脸上了。

后来，朵拉的脸上开始出现青春痘，先是微小的一粒，藏在刘海下面，后来就像雨后春笋一样长满了整张白皙的脸。朵拉伏在桌上为此哭泣，范淼淼高兴地说："你应该为加入我们的美丽同盟而高兴啊！"

朵拉抬起泪脸："范淼淼，肯定是你传染给我的！"

"青春痘能传染人？"范淼淼一脸无辜，又说，"陈拉拉也有青春痘，你和她也走得近，不能只怀疑我呀！"

"陈拉拉在我后面的后面，而你和我，距离最近！"朵拉说完，温柔地注视着范淼淼——是啊，朵拉觉得范淼淼和她的距离，恐怕只有一微米，是如此之近，常常让她的心怦怦乱跳。情窦初开的年龄，朵拉不禁问自己：难道这就是喜欢？

范淼淼说："朵拉！有青春痘有什么不好，有缺点的青春才美丽，何况青春痘代表长大呢。既然要长大，就要接受成长中注定的伤害，我不在乎青春痘，所以我一直都很帅！"范淼淼扮鬼脸，朵拉

破涕大笑。

4

　　朵拉讨厌青春痘，因为她在乎美丽。朵拉的青春痘在脸上肆无忌惮时，陈拉拉脸上的青春痘却在减少，朵拉有点嫉妒她，仿佛陈拉拉的美丽是从她身上抢走的一样。朵拉问："你脸上的痘，怎么去掉的呀？"

　　陈拉拉笑着说："全靠这瓶去痘霜呀！"她从桌里拿出一个瓶子，朵拉兴奋地问："在哪里买的？"

　　"范淼淼送的！"

　　朵拉一听到这话，脸色就黯然下去，心里又开始泛酸，喉咙沙哑，眼睛潮湿，最后只幽幽地"哦"了一声。下午，朵拉在操场上遇见范淼淼，问："你说我和陈拉拉都是你最好的朋友，为什么你送她去痘霜，我却没有？"

　　范淼淼说："陈拉拉的脸上没有了青春痘，是因为她长大了，其实去痘霜根本就没用呢，所以没送啦。"

　　"鬼话！"朵拉不信，"你得送我一瓶！"

　　"其实还有一种去痘的方法，很灵哦！"范淼淼认真地说，"那就是用手挤，陈拉拉脸上的青春痘，其实就是挤掉的！"

　　"那样也行？疼吗？"朵拉半信半疑。

"不疼的。"范淼淼笑着说，"不信的话，我现在就帮你挤！"朵拉把脸凑过去，范淼淼的手指触到她脸上的皮肤时，他手上的温度仿佛也传了过来，她竟有点晕眩了，闭上眼睛——果然不疼呢。突听范淼淼哈哈大笑："这样也相信呀，如果挤的话，会在脸上留下疤的！"

朵拉方知上当，紧咬嘴唇狠狠地瞪着范淼淼："如果我的脸上留下了疤痕，以后嫁不出去，你娶我！"

⑤ ○

陈拉拉的青春痘全部消失后，班上的人都吃了一惊，原来是美女呢！等范淼淼再次拿了全班第一后，他脸上的青春痘也在不断消失，逐渐干净的脸正变得阳光帅气。范淼淼兴奋地说："我每次都考第一，连青春痘也怕我！"

只有朵拉，渐渐沉默。原因之一，脸上的痘痘并无减少的迹象；原因之二，班上开始流言范淼淼和陈拉拉是天生一对，连痘痘都那么有默契地一起消失。

范淼淼说："以后我们考同一所大学吧，我们是永远的美丽同盟呢！"

朵拉说："你们考同一所大学吧，有我无我都没关系，我现在是灰姑娘呢。"

陈拉拉说:"如果美丽同盟没有你,又有什么意思?"

朵拉不说话。朵拉觉得范淼淼和陈拉拉真的很般配,就像他们一起出的黑板报那样完美,自己留在他们中间算什么呢?

快毕业了,范淼淼建议照一张合照,纪念高中岁月。朵拉没答应,朵拉想,绝不在自己最丑的时候照相。放学,范淼淼和陈拉拉突然靠过来,大喊:"朵拉,你前面有条蜈蚣!"

朵拉惊讶地抬头,只听喀嚓一声,眼前一道雪亮——朵拉才明白上当了,大叫:"哎呀——相片上的我肯定丑死了!"

6

许多同学以为,范淼淼和陈拉拉上大学后肯定是一对情侣,连朵拉也这样想。朵拉不想当他们的灯泡,但最后还是与他们报考了同一所大学。朵拉可以舍弃对范淼淼的喜欢,却不忍别离这样一份美好的友谊,因为范淼淼和陈拉拉是她最好的朋友啊。

结果,三人考上了同一所大学。

让朵拉意外的是:大一时,范淼淼和陈拉拉并没有恋爱,直至大二,陈拉拉有了另一半,而范淼淼仍然单身。朵拉以为这时自己会追求范淼淼,结果没有。

朵拉现在才明白,那时的高中岁月,或许自己只是喜欢暗恋的朦胧感觉,而非真正喜欢范淼淼,想必范淼淼和陈拉拉也是如此。

他们三人，依然喜欢在有月光的晚上坐在草地上，谈论最多的就是高中时脸上的青春痘，还有朵拉为青春痘哭鼻子。然后彼此开怀大笑。

朵拉的脸，如今依然干净白皙。朵拉却觉得少了什么，于是习惯了入睡前看那张相片，一遍又一遍，这真是相夹里最美的一张。青春痘可以褪去，但当年范淼淼帮朵拉挤青春痘而留下的小疤痕，却永远留在了朵拉的眉角上，每次照镜子注视那粒小点，朵拉都会微笑，那可是友谊最美的见证啊！

别以失恋的借口爱我

雪 落

咫尺天涯的天涯咫尺

常常在想，如果有一天，我可以把我的青春完全抹杀，那么我就可以忘记卓扬了。无奈，这个命题也许到我死的那天都不会成立。

第一次遇见卓扬，他很狼狈。

在夜色中他被一群握棍操刀的混混追打，虽然灯光昏暗，我还是看到了跑在最前面的他，穿着白色的衬衫、旧牛仔裤，跑得很快，却不害怕。引得我侧目。

有个人追上来，挥起刀就朝他后背砍去，血一下子流出来，染红了白衬衫。他一把夺过刀朝那人砍去，就听见被砍的人的哀号。毕竟寡不敌众，很快他就支持不住，被人团团围住，跑不了。我灵机一动，靠在角落故意大声说，警察叔叔，就是他们打架！那些人听见有警察来，慌了手脚，立刻散了。我看他们走远了，就走到卓扬面前，扶起他。

报警还是叫救护车？我问他。

都不用了，帮我打辆车去医院吧。

于是我陪他在路边等出租车。车来了，临上车他转身对我说了声谢谢，苍白的脸露出微笑的表情，眼睛很好看，眼神却很冷。

当时想，这件特别的事就算是为我枯燥紧张的高一生活添加的调味剂，会很快被遗忘的。

可是就在我还没来得及遗忘的时候，我又看见了他，确切地说，是他找到了我。

那天放学，我和同学彤走出教学楼，一眼就看见站在楼前空地的他，阳光很好，明晃晃地照在他身上，干净明亮。让我不可思议

的是,他竟然穿着我们中学的校服,领带很松。

我正犹豫要不要上前问好,他看了我一眼之后竟然撤到一边,挥了挥手,站在他身后大概有十几名穿着和他同样衣服的男生齐刷刷地向我鞠躬,异口同声地说,谢谢这位同学对扬哥的救命之恩!

旁边早围了一群同学,窃窃私语。

我站在那里,手足无措,惟一的想法就是要赶紧离开。于是我没有理会,朝校门的方向走去。

彤在后面喊我,明菁,等等我。

我停下来,却没想到追上来的是他。

你叫明菁,我记住了。我叫卓扬,以后有麻烦尽管找我,你帮过我,我不喜欢欠别人的。他很有礼貌,可语气中却透着一种不可名状的傲气,眼神依旧很冷。

我不由往后退了一步,同样礼貌地对他说,只要你下次不要再带这么多人在这里堵塞交通,我就感激不尽了。

说完,我拉着彤头也不回地走了。

后来彤告诉我,那个卓扬是我们中学高三的学生,从入校那天开始就传闻不断,似乎一直和黑道有来往,在学校也是小弟一大堆,属于问题学生。好不容易挨到高三,大过小过早已记得犹如家常便饭了,不过自从高三就安静不少,大概是想顺利毕业吧。

这样的人离我的生活实在太远,原本我们只是两条永不相交的平行线，却因为那天我的恻隐，两条线有了第一个交点。也许，一切早已注定。

从那以后，只要我在学校里，走到哪里，哪里都有人对我说明菁姐早或者明菁姐好之类的话，身后随时有两个不知名的男同学的身影，俨然一个黑道大姐的排场。我知道这些都是卓扬的杰作，开始我忍着，直到有一天我身后那两个人把正上公车的同学强行"请"下来让我上去，终于我忍无可忍，找到卓扬。

你这样已经严重影响我的生活，请你停止。

他看着我，若有所思，好吧，明天开始我亲自保护你。

……

之后，卓扬真的每天都在我的身后，除了上课和在家里之外，几乎是寸步不离，让周围的同学对我更是敬而远之，一时间，谣言四起，什么版本都有。

早上我出门，卓扬骑着单车在等我，把我送上公车后，会在校门口等我下车，看着我进教室。奇怪他每次都比车快。课间也会抽空过来看看，放学再这样看着我进家门。几次我想甩开他自己走，都被追上，他还说一切为我的安全着想。

终于一天傍晚，我故意提前一站下车，想到处逛逛，主要是甩开他。

没有他跟着，我真是觉得心旷神怡，从心里感到舒畅。可是就

别以 **失恋** 的借口爱我

在我正要拐弯进小街的时候，突然后脑一阵剧痛，之后就不省人事了。

醒来的时候，我发现自己手脚被捆绑着，靠在一个房间的墙上，昏暗的灯光下有大概五六个人，都是古惑仔的打扮，其中有一个坐着，看样子是他们的头。我认出这些人几乎都是那天在街上追卓扬的。

我不由害怕起来，那些电影里才有的情节终于发生在我身上了。顿时明白，为什么卓扬要那么寸步不离地在我身边了，原来他早知道有这一天了。

那个坐着的人对我说，你不是很会喊警察吗，现在怎么不喊了？

我扭过头不理他，心里居然想念起卓扬来了。他的眼神很冷却很干净，他的性格骄傲却明理……比起这帮浑浊不堪暗箭伤人的败类不知强了多少，我开始后悔。

那个坐着的所谓的老大告诉我在卓扬没来之前是不会动我的。

我明白了，我是饵，可是对卓扬而言我有那么重要吗？我不知道。

可是我知道他一定会来，不为什么。

果然，他来了，眼睛里不但有寒光，更多的是怒火。

他问他们想怎么样。

他们的老大说，挨一百棍，如果你还手或者挡一棍的话，就打在她身上。说着指了指我。

木棍雨点般地落在他身上的各个部位，从卓扬的表情可以看出，他的疼痛一点点在加剧，可是他始终没有叫一声，和第一次看见他时一样，不害怕。

我很着急，这么打下去不死也要残废，慌乱中我猛然想起我的手机在裤子后边的口袋里，那些人都在很卖力的打人，没人注意我。于是我利用绑在后面的手伸进口袋，凭着记忆摁了110，嘴里喊，救命啊。

没等警察来，一阵猛打过后，他们老大操起一把刀，你那天砍得我差点废了一只手，今天我就废了你。

这个时候卓扬已经倒在地上，奄奄一息，只是眼睛用力瞪着他们，不服输的样子。倔强得让我难以置信。

刀被高高举起，正要往下砍，我站起来，以最快的速度跳过去撞那个老大。他被我撞了，刀一滑动，在我的后背划了深深的一道，强烈的痛让我几乎昏厥，意识有些模糊，同时门被撞开，警察终于来了。

醒来后，我躺在医院的床上，爸妈都来了。

我向他们一再解释是意外，那帮人认错人了，好在我从小一直很乖，他们信了。医生说只是外伤，休息几天伤口慢慢愈合就好了。

別以**失恋**的借口爱我

于是他们就放心地忙各自的工作了。

爸妈一走，我就到卓扬的病房去看他。他伤得很重，看上去没有平常那么精神了，面色惨白，很虚弱的样子。

那次，是我们第一次认真地在说话。

他说我每次都救他，又欠我一次。

204

我说，想还我很简单，以后不要再打架了，安安静静在学校上学，然后考一所大学，过正常人的生活，让你周围的人感到安全。

他笑了，很无奈的笑，你以为我不想吗，很多时候人是不能选择生活的。就像你，从小受很好的教育，现在让你穿耳洞染发，过和我一样的生活，你可以吗？

我们是不同的人，不要试图用你的方式改变我，你做不到，我也是。

我无语。他的每个字都让我无从反驳。

就这样我们沉默了很久。

卓扬很简单地说了他的家庭。他只有一个哥哥，从小带着他长大。哥哥是开酒吧的，自然和道上的人打交道。上中学开始，他便在酒吧帮忙，也结识不少这类的人。哥哥生意越做越大，准备把小酒吧卖掉，卓扬恋旧舍不得，哥哥就把酒吧丢给他经营。

而和那帮人结怨是有一次他们故意来闹场，卓扬把他们赶出去，谁知他们怀恨，趁卓扬一个人的时候暗算，就是那晚我看见的那一幕，后来就成这样了。

警察来做询问笔录，法医也给我们验完伤，那帮人一个也逃不了。

我和卓扬的关系有了微妙的变化。

出院之后，我不再抗拒他对我的"保护"，其实已经不需要了，那帮人都进监狱了，没有人会威胁我的安全，可是似乎我已经习惯每天看着他骑着单车等了我了。有的时候公车拥挤我也会让他骑单车带我一段路。

虽然他一直说不会改变，但是我却看见他在拿课本学习了，偶尔我有时间会到他的酒吧去陪他复习，当然是白天不开业的时候。我看他的时候，渐渐从他眼里看到了一些柔软的东西，很温暖。

我的成绩下滑得厉害，学校的传闻不绝于耳，终于班主任找我了。

他很温和，没有指责我，只是说，明菁，你是个很有前途的孩子，不要因为一些人或者一些事耽误了自己，知道吗？

我当然明白老师指的什么，我点点头，我知道。

于是我告诉卓扬我要认真学了，以后不会有时间在一起了，也不用来接送了。

他听了点点头，应该的。

但是你还是要学习哦，快高考了。

他还是点点头。

别以 **失恋** 的借口爱我

205

转身间，我恍惚看见他眼里有一抹忧伤，表情却很平静。

我突然有些难过，也许他还是有一点点需要我的。

我又开始了之前那种简单自然的生活，学校和家两点一线。常常想念和卓扬之间的惊心动魄，我明白，只能想。

很快，要期末考试了，气氛一下紧张起来，学校开始安排晚自习了。每次下自习路过那条深深的小巷，看到路灯下自己孤单的身影的时候，我会很想很想卓扬，想着坐在他的单车上穿过小巷的情景。鼻子会发酸。

一天我下晚自习的路上，还是那条小巷。我蹲下系鞋带，不经意往后看了一眼，看见不远处一身白衬衣蓝牛仔的卓扬正站在那里对我微笑。

你每天都在吗？我问。

明菁，你从来都不回头的。

……

我的眼泪开始往下掉，我明白了，这个叫卓扬的男生，真的很喜欢很喜欢我。

我还明白，我真的很喜欢很喜欢他。

期末考试我的成绩还算可以，老师父母都没有怎么失望，这意味着这个假期是自由的。

随之而来的高考,卓扬意料之中的落榜了,毕竟这个世界是现实的,不会有奇迹,即便有也不会发生在我的周围。

我劝他复读,他依旧是那句话,我们是不同的人,不要试图用你的方式改变我,你做不到,我也是。

如果我能做到呢。

我不顾父母的反对,放下长发,染黄,忍痛,一气在左右耳加起来打了5个耳洞,换上一身颓废的装束。

之后,来到卓扬的酒吧。

他看见我,先是一惊,然后是无奈的神情,最后恢复平静。

你没有做到,你和我们还是不一样的。他指着旁边那个艳俗的小太妹,你能做到吗?

那个女孩正当着众人的面脱衣服,脱得只剩下内衣,一脸春光灿烂。

我知道他想让我放弃,可是我偏要证明给他看。于是我深吸一口气,开始缓缓解开上衣的扣子。解到胸口那颗扣子的时候,卓扬一把拉住我的手,把我拽到门口。

你疯啦!知不知道自己在做什么!他生气了,是很生气。

我只是……第一次看他这么生气的样子,一时竟不知说什么了。

他突然低头,叹了口气,好吧,我回去复读。

卓扬又回到学校学习,我们又像从前那样,几乎形影不离。

別以**失恋**的借口爱我

　　我像每一个幸福的小女生那样，靠着喜欢的男孩的后背，寒来暑往，日复一日，常常靠在卓扬身上睡着，还流着幸福的口水。

　　冬天的夜晚，卓扬送我回家。看着我不停搓着冻红的双手，他会伸出手把我手指一根一根地蜷起来，放进他的口袋。路上他会哼一些简单旋律的歌，卓扬的声音很细致，很好听。我常常在歌声中望着满城璀璨如星光的灯火，任凭寒风像水一样漫遍全身。

　　当时想，幸福也不过如此了。而那段安静缤纷的时光也成为至今温暖着我的回忆。

　　快乐的时光总是过得很快，卓扬又一次要高考了。

　　可是高考那天，他没来。我在考场外等了整整一天，手机关机，找不到。

　　晚上我终于在酒吧找到他。我看到他的时候他正在和几个朋友喝酒，有男有女，很兴奋的样子。

　　我的内心复杂至极，失望，难过，愤怒……

　　我上去重重甩了他一耳光，你太让我失望了！

　　他眼里深深的愧疚在看见我的十秒钟之内一闪而过，取而代之的是大声的抱怨，我早就受够了，我为你挨打，为你读书，甚至为你忍受别人的白眼复读，可是我得到了什么！你有没有想过我的感受！我不要再考什么试，也不要再看见你！

　　他的每一个字就像刺一样深深扎在我心里，密密麻麻，却看不见血。曾经有过多开心，现在就有多十倍的痛。我眼睛模糊得几乎看不清卓扬了，只感觉他的身影离我越来越远，消失在夜色中。

我又要重新开始了，所幸父母和老师的关爱让我复原得很快。我把头发扎成马尾，染回黑色，露出年轻干净的脸庞，摘下耳环，换上整洁的校服，走进了高三的课堂。

我比以前任何时候都要用功，我要把失去的一切用自己的努力争取回来，要为父母找回他们引以为傲的女儿，为老师找回出类拔萃的学生。

一年的时间里，我除了学习还是学习，似乎想用这些刻意去忽略某些东西，事实上，这些东西早就刻在心上，终其一生也无法忘却了。

一年后的高考，我毫无悬念地考上了全国一流的大学。拿到通知书的那天，我意外地在校门口遇见卓扬。依旧是干净的衬衣、发白的牛仔裤，笑容很淡，眼神很冷，多了忧郁。

我考上了名牌大学。

嗯，我知道，很好。

你有什么打算？

我要离开了，去南方。

……

相对无言，在过了那个交点之后我们依旧逃不了踏上两条不

相交的路的命运。

看着卓扬离去，我鼻子发酸，却流不出一滴眼泪。

班主任看见我，上来祝贺一番，顺着我眼神的方向看见卓扬的背影，叹了口气，这孩子可惜了，要不是高考那天出事，准也上不错的大学了。

原来在卓扬高考那天，他哥哥因为涉嫌走私毒品被逮捕了，所以他没去考试在酒吧借酒消愁。后来除了那间酒吧，他家所有财产被没收，他的哥哥被判死刑。奔走了几乎一年，他没能改变这个结果，于是准备离开。

我恍然大悟。

我跑着追他，却怎么也追不上，最后再也找不回来了。

大学的生活很轻松自在，每个人都尽情"挥霍"自己在高中时被束缚的青春。而我的青春从来就没有被束缚过，它恣意而且带着重金属摇滚的味道，是我的同学们所没有的。

每个礼拜都有联谊会，寝室里的同学都会精心打扮一番，期待会有一段浪漫的爱情发生。印象中这样的聚会我没有参加一次，没有兴致更没有心情。每个试图了解我的人都会被我委婉地拒绝。久而久之我就更孤单了，可是我习惯了，从高三起就习惯了。

我拿最高的奖学金，考一大堆资格证，被保送研究生，无疑我是最优秀的学生。可是最开心的那个一定不是我。

大学毕业我放弃保研的机会进了一家外企工作，薪金很丰厚。正式工作前我有一礼拜的假，于是我回了趟家。

4年了，我一直不敢回来，害怕触碰某些东西。如今事过境迁，和当初相比释怀许多。

爸妈看见我回来，相当高兴，给我准备了很多我喜欢的东西。家乡变化很大，卓扬的那间酒吧早就不在了，回家必经的小巷也改成了宽阔的马路，母校修建得更加美丽。诸如此类的改变还有很多，只是感觉似乎都和我无关，我就像一个旁观者听着爸爸讲述。

那天妈妈在整理东西，像是想起什么事，告诉我两年前收到广州寄来的一个包裹，放在抽屉里。我心里一紧，打开抽屉，熟悉的字迹印入眼帘，给：明菁。

我几乎是颤抖着手打开包裹的，是一张 CD，里面录有是卓扬给我唱的歌《边走边爱》——

別以 **失恋** 的借口爱我

你出现/像一盏灯不断舞动/闪过了我的瞳孔/醒过来/原来没有什么霓虹/眼睛却有一点红/我们什么都不懂/只知道短暂的笑容/是命运对我们善意的一场戏弄/爱上你是我最大的光荣/平庸的生命从此不普通/告诉我多爱你/虽然都没有用/也有过一点点感动/两个人的终点只有两种/不能够停下来只有流动/告诉我你发现没有了我的天空/不再相同/感情像一段旋律不断闪动/卡住了我的喉咙/讲不出该说的话想做的梦/只剩下

耳边的风/我们什么都不懂/只知道短暂的笑容/是命运对我们善意的一场戏弄/爱上我是不是你的光荣/这回忆是不是天衣无缝/告诉我多爱你/虽然都没有用/也有过一点点感动/我们的出路也只有两种/不能够开心也只有心痛/答应我你会在找不到我的天空/等待彩虹……

末了，他说，明菁，我爱你。就是因为太爱你不愿意阻挡你的人生，我不要你活在我的这个浑浊的世界，你应该在阳光底下生活得干净透明。

都过去了，眼泪早已流干。记忆的碎片被萧瑟的秋风吹得更加支离破碎，可是卓扬的面容在我的脑海里却清晰如同昨天。

舒凡

『三点二厘米』外的春天

抬头，猫多触碰到一双水色的俊男眼。与猫多扬起的翘翘的睫毛，只相差三厘米，更精确点，是三点二厘米。

"三点二厘米"奶茶店,在 C 市一条并不繁华的街道上。老板是乡妹子,穿着过时的红棉袄,臃肿地站在柜台后面。这里的奶茶并不是这个城市最好的,但生意却很好。

Ⓐ

猫多把吸管插进透明玻璃窗口递出来的紫色薰衣草奶茶,很享受地吸了一口。她咬掉右手的手套,往口袋掏钢蹦儿。一块钱硬币在她的食指上转了个弯,紧接着从口袋跳了出去,沿着石板路一直滚,打到一只泛光的皮鞋才停下来。

猫多拾起它,吹尽上面的灰尘。抬头,猫多触碰到一双水色的俊男眼。与猫多扬起的翘翘的睫毛,只相差三厘米,更精确点,是三点二厘米。

猫多眯眼,"三点二厘米"在头顶闪着流动的招牌红。猫多嘴角斜出浅浅的微笑。

羽送抿着紫色薰衣草奶茶的猫多回家。

过街,拐胡同,上楼。

猫多取下脖子上绕了一圈又一圈的紫纱巾,乱七八糟地揉在手里。瘦小的身子把羽挡在门外。我到了,猫多抿了抿吸管。最后几滴奶茶伏在杯底、杯壁上,忸怩着,伴随吸管的召唤,发出"咝咝"的声音。奶茶杯没有剩下吸不上来的黑色珍珠果。羽紧盯着被猫多扔进垃圾桶的奶茶杯,傻愣傻愣的。半刻钟之后,羽慌乱地收眼,挠着蓬松的头发,薄薄的唇里藏着两颗白白的小虎牙。

天明路 23 号 405 室。

羽下楼,回头瞟一眼。门檐上挂着的号码牌,满是灰尘,但蓝底白色的宋体字依旧依稀可辨。

猫多倚窗,挥手。

我叫猫多。

我叫羽。羽看到一束阳光照在猫多窗台的绿色吊兰上。

B

薰衣草奶茶,不加珍珠果。猫多将挡在眼睛上的头发,撩到耳后。耳垂上,猫多习惯点缀一颗小小的珍珠。珍珠,天然的纯白,不含半点瑕疵。很久以前,猫多一直认为,珍珠果是某种植物的种子,如珍珠般大小。猫多习惯和着奶茶把它吸到吸管一半的位置,然后低眼,看它在紫色包围中泛着黑。奇怪植物的黑色种子,嵌在两排牙齿的缝隙里,绵绵的。舌尖还能感受到一丝甜。猫多想起小时候,妈妈买的水蜜桃味道的 QQ 糖。绵绵地嚼了 19 次,猫多才知道,珍珠果不过是淀粉或者豆粉加水制成的小丸子。猫多的心开始隐隐地痛。造作、欺骗,在猫多的心口划出几道血色的伤。猫多发誓戒掉珍珠果,不管是黑色,还是其他什么颜色,就像很久

215

前发誓戒掉飞白。飞白的照片粉碎地散在地板下。猫多每天赤着脚,在塑垫上来回地踩,似乎真实地踩在飞白宽宽的背上。手指曾经掠过的光滑,垫在了脚底下。

珍珠果,加点吗? 乡妹子咧着嘴笑。

哦,不要。一股刺鼻的胶质味道从胃底翻上来,猫多对着垃圾桶"啊"了半天。一口苦水吐出来,猫多觉得很恶心。蓝色格子手绢从一只净白的手里递过来。猫多扭头,是羽。猫多笑笑,蓝色格子上留下半抹奶色。猫多把手绢塞进羽的上衣口袋,然后对着鼓起的地方拍拍,送我回家。猫多很霸道。

羽支开右胳膊,眼里流淌着透明的水色。猫多脱下手套,将冰凉的小手半伸进去。羽的右胳膊开始暖暖起来。

过街,拐胡同,上楼。

天明路 23 号 405 室。电脑的桌面上亮着孙燕姿,穿着灰色大衣,抿着口琴,站在涟漪的湖边。素净的画面,犹如淡香的白兰花。猫多跪在塑胶拼垫拼成的地板上,几本翻开的杂志散放在她身旁。猫多拾起一本合上,再拾起一本再合上,然后松开头发起身。我去洗头。话还没有落下来,猫多的影子就进了卫生间。一扇檀木色的门,隔住了里面外面。不久,里面响起"哗啦"的水声。羽在猫多小小的房间里转悠。羽发现墙角的书架，厚厚薄薄都是美丽的彩色。窗台上，上次远远望见的吊兰还是青翠的。一件长长的红色蚕丝睡衣，轻飘飘地婀娜在上方。

猫多送羽出门。猫多的头发还是湿湿地粘着，在脑后滴着水。猫多嘟嘴，眯眼，关门。一切都如电影的慢镜头。门缝由大到小，猫多的脸由整个到半个再到完全消失得一点没有。空气里挤出一缕香，羽嗅了嗅，沁脾的薰衣草。

Ⓓ

羽对着透明的玻璃说，两杯奶茶，薰衣草。

加珍珠果吗？红棉袄从窗户里探出微笑。羽有点不知所措，要吗？还真不知道。见过空杯子，没见过剩下的珍珠果。加吧，也许喜欢而没有剩下。羽点头。银色勺子伸进高高大大的透明罐子，一串黑色争先恐后地跳进诱人的紫色。水花浑浊起来，有几滴溅到柜台上。红棉袄拿起白皙的抹布，用力地抹掉。羽看到抹过的痕迹上，冒着小小的泡泡，里面还闪着变幻的七彩，更多的是紫色。

猫多，猫多。门缝里射出光芒，羽敲门，很有礼貌。猫多揉着惺忪的眼，身上裹着皱皱的床单。地垫上依旧散放着摊开的彩页，孙燕姿在电脑上依旧唯美。

给，薰衣草奶茶。比卡丘烟缸里，烟蒂挤挤嚷嚷，叠叠地露着

别以**失恋**的借口爱我

217

屁股。羽怜爱地轻轻摇头，开始收拾乱屋子。猫多坐在床沿上，甩着腿，摆弄着奶茶。许久之后，猫多说，加珍珠果的奶茶，我不喝。然后，她扬手，奶茶偏离预计的轨迹，落到地上，爬山虎般裂开，裂到羽白色的裤腿上。羽低头，再抬头。

羽拿起自己的那杯，插进吸管狠命地吸。吸不起来，羽咬掉杯子口的压膜，吸管斜斜地对准再吸。黑色的珍珠果顺着吸管一个个上来，再上来。看着羽脸上的红色越聚越多，猫多把她小小的身子渐渐埋进被子，包括藕色的小脚丫子。被子呜咽地耸动着，越来越剧烈。羽的心热热地停在一旁，也开始颤抖。羽到床边，一把抓起，掀开。猫多的脸掩在手里，模糊不清。对不起，对不起。猫多抱着羽，长长的眼睫毛扫着羽脖子。羽感到脖子有道湿湿的、痒痒的液体从衬衣口爬了进去。

这个硬币放左边口袋，中午的奶茶；这个硬币放右边口袋，下午的奶茶。天桥上，羽拉着猫多的纱巾。猫多坏坏地笑，拨开他的手。纱巾重新拉回，半明半暗地继续盖住大衣领子上的丁香花。猫多抿着奶茶。羽，那是飞白。

"三点二厘米"奶茶店前，一个高大的男人搂着一个纤细的女子。男人油亮的偏分头下，是一张黑而俊俏的脸。他是飞白？羽在猫多的点头中明白，那就是飞白。每次飞白去猫多那里都会路过"三点二厘米"奶茶店，飞白习惯买猫多爱喝的薰衣草奶茶。当然，飞白记得对红棉袄说，不要珍珠果。猫多一直合着纤细的小手，猫多祈祷自己是飞白一辈子的蛊。因为只有飞白中了自己的蛊，自己才可以任性地拉着飞白说，我要薰衣草奶茶，就像小时候拉着飞白的衣角，我要糖，糖，糖。

然而，猫多不会下蛊，飞白更没有中蛊。猫多长大了，飞白也长大了。一个晚上，猫多倚着飞白赤裸的胳膊，抿着奶茶，抿着抿着，一颗绵绵的黑色，滑进了嘴里，滑进了喉咙里。猫多触电般惊坐起，冲进卫生间，将手指塞进樱桃小口里，拼命地掏。猫多的脸憋得通红。直到从红红的水池里摸出一粒黑色，她才安静地沿着门框坐到地上。飞白摇猫多的肩膀，唤着猫多猫多。猫多木讷，眼里淌出茫然的失落。哥哥，猫多不要珍珠果，你忘了，你不是从前的飞白，你走。猫多使劲地推飞白，支地的右腿把地垫都蹭起来。她叫恬，她喝加珍珠果的薰衣草奶茶。猫多掐着吸管，搅奶茶。奶茶杯里紫色的漩涡一直旋到杯子最底下。羽紧紧地抱着猫多。猫多说，下辈子我要做一只鱼，一只游来游去的鱼，因为鱼疼了不会哭。

F。

"三点二厘米"到底代表着什么？猫多扬着眉毛。红棉袄舔了

一下干裂的嘴唇,然后微笑,长满老茧的大手唤猫多过来。猫多把耳朵凑近玻璃窗口。他的脚比我的脚刚好大三点二厘米。红棉袄低声说完,羞涩地转身过去。压膜机"咔嚓"一声,猫多的薰衣草奶茶被推了出来。他在哪?猫多依旧挑了根紫色的吸管插进去,杯口裂出美丽的花纹。红棉袄朝对面嘟起涂了几层口红的嘴。对面卖烧烤的男人,用扇子扇着长长的金属炉。偶尔他将扇子倒过来,拿扇子柄戳炉里通红的颜色,那颜色也印得红棉袄一脸通红。恬是飞白哥哥的三点二厘米,那么我的呢?猫多拉起围巾,把半个脸缩进去。

天桥上,羽还站在那里。一朵硕大蝴蝶从他头上掠过,黑色的弧线划出一道清晰的痕。

猫多发现,原来自己幸福的春天,也只在三点二厘米外。

玻璃柜子

假装迟钝

我是一条鱼，寂寞的鱼。望着岸上流光溢彩的世界偷偷哭泣，在钢筋水泥筑成的水草间游弋，无声无息。

　　"你发现了吗？苏萌，今年的春天来得特别早呢！"杨羽说这话的时候嘴角好看地向上扬着，望着我的眼神如清澈的湖水，流转着阳光般的温暖。

　　我淡淡地说："是吗？"缩缩脖子，仍是一副冷漠的样子。校园里高大的法国梧桐已绽开了嫩绿色的小芽，初春的风儿轻轻吹过，带着泥土清新的气味。我用力地吸吸鼻子，原来是春天来了啊，怪不得最近的空气中多了生命的味道。

　　杨羽笑着用书轻拍我的后脑勺儿，有点无奈地说："真是个感觉迟钝的笨丫头。"

　　感觉迟钝有什么不好？我默默地想着，没有说出口。我是个被父母遗弃的孩子，7个月大的时候被扫大街的妈妈拾回了家。从小我就不明白，为什么我自己的爸爸妈妈不要我？我哪里不好？还是我做错了什么？长大后我才明白，我的出生原本就是一个错误。我是一个多余的不受欢迎的人。我那敏感的神经只会让我心底的伤痛更加明显，在深夜时折磨得我睡不着觉。

　　迟钝的人是幸福的啊！我迎着风，轻轻地微笑。这些，杨羽是不会明白的。他一直是那么优秀，有着光明而灿烂的人生。他是幸运的——至少和我相比。

　　我不明白为什么宁歌会认为我是幸运的。她总是拖着长长柔柔的尾音说："苏萌，你好幸运啊！"我总会很迷惑地望着她。然后宁歌就会猛地扑过来抱住我，呵呵笑着说："因为苏萌有我这个宇宙超级无敌优秀的好朋友啊！"我知道宁歌没有说实话，但我真的觉得很幸福——在宁歌紧紧抱着我的时候。在她柔软的怀中我常常觉得，其实我不是孤独的。

我是一条鱼，寂寞的鱼。望着岸上流光溢彩的世界偷偷哭泣，在钢筋水泥筑成的水草间游弋，无声无息。

我在学校角落的古树上刻下了上面这两行字，刻得很浅，只给我自己看。我很难向别人倾诉自己内心深处的感觉，那需要我莫大的勇气。谁都不知道我骨子里的怯懦，在别人眼里我永远是个坚强而冷漠的人，缺少笑容和泪水。

我用冷漠武装自己的软弱，我讨厌把自己的软弱暴露在别人的视线里，连杨羽也不例外。

因为性格的关系，我的朋友很少，特别是女孩子，宁歌是个例外。她真的是个很讨人喜欢的女孩子，活泼可爱，开朗外向，有点娇气，撒起娇来像只可爱的猫咪。她笑的时候眼角有淡淡的笑纹，如花绽开般热烈奔放，充满了感染力。杨羽常说，他很高兴宁歌是我的好朋友，多和她在一起，我会更快乐些。

你觉得我不快乐？一次晚自习停电的时候，我在黑暗中这样问他。杨羽先是沉默，然后低声说："苏萌，你应该更快乐的。你不知道，你发自内心的笑容就像阳光一样，能拨开别人心里的乌云，非常非常灿烂，很……很夺目。"

能拨开你心里的乌云吗？我在心里问着，终究没有说出口，因

別以 **失恋** 的借口爱我

为电忽然又来了。习惯了黑暗的眼睛一时无法适应突来的灯光，我眯起眼睛，看见杨羽没来得及移开的眼睛里居然闪动着泪光……

转眼已是 5 月了，梧桐叶已从小小的嫩叶长成宽大的叶片，巴掌般大小，在暖暖的春风中发出沙沙的声音，散播它简单的笑声。苍白的天空好像被人涂上了淡雅的水粉，从早到晚时深时浅的或神秘或慵懒或俏皮的蓝，让人心醉。我爱上了 5 月的天空，在做不完的习题的缝隙中爱上了窗外的那片蓝天。因为这，我把座位搬到了靠窗的角落。

那天上课的时候班主任特意点名表扬了我。她说，有些成绩不好的同学很明白事理，知道自己成绩不好就不应该占着中间的好位置。你们中间的好同学要是想保住位子的话就要更加努力学习。好，今天我们开始讲……

宁歌回头看了我一眼，脸上有愤怒的表情，支持似的朝我重重地点了点头。我扯开笑脸，却在触到杨羽冰凉的眼神时突然僵住了。我转过头，在窗上看到自己很丑的笑脸。杨羽啊杨羽，我的笑脸让你失望了吧？我喃喃自语着。

也许是因为迫在眉睫的 7 月，也许是因为宁歌愤怒的表情，也许是因为杨羽冰凉的眼神，也许是因为自己不想再无所事事下去，也许是因为妈妈——不管怎么样，反正我忽然在教室的那个角落里安静地用功起来。我在第二次模拟考试的名次像夏始春余的温度，蹭蹭地往上冒。班主任很高兴，她带着"亲切"的笑容希望我搬回原来的位置。我看着班主任嘴角破了的水疱，平静地说："老师，我喜欢坐在这里，其实在哪里学都一样。"

"这倒是，最近你坐在那里进步就很大。既然你喜欢坐在那里，就不要搬回去了。不过学习还是要抓紧，只有一个多月时间了。最后关头冲刺一下，老师看你是很有希望上本科线的。"

望着班主任微驼肥胖的背影，我重重地吐了口气，其实谁都不容易啊。

那个周末，杨羽约我去这座城市边缘的水库野餐，庆祝我第二次模拟考试大获全胜。不知道为什么，我拉上了宁歌。也许，我开始害怕单独和杨羽在一起。

两个人的聚会变成了3个人的游戏。我发现，那一整天，宁歌灵气的大眼睛里都含着浅浅而羞涩的笑意。她望着杨羽的眼神很微妙，好像……我终于明白为什么宁歌说我是幸运的了。我突然觉得胸口好闷，好像塞满了棉花般的肿胀，微微地疼痛。

野餐回来后我变得更加沉默，班主任开始频频夸奖我是后进生的模范榜样。面对这些我只能空洞地笑，我不知道我还能露出怎样的表情。

6月底的时候杨羽离开了这座城市，他必须回到他原来的城市参加高考。

临走的那天晚上，杨羽在我家楼下站了很久很久。我一直望着杨羽孤独的身影告诉自己，我应该下去，我应该下去的，我应该

别以失恋的借口爱我

对他绽开我最美的笑容。是他说的，我的笑容有拨开别人心里乌云的魔力。我应该看着他的眼睛告诉他，我喜欢你。可是我什么都没有做。我是条懦弱、害怕爱的小鱼，只能躲在暗处，望着岸上心爱的王子默默地流泪。

黑色的七月在我焦头烂额的忙碌中过去，成为我心中一段混沌而又不堪回首的记忆。当我又一次来到古树下，竟发现我浅浅的字迹旁边有我熟悉的刻痕：迟钝的小鱼不知道杨羽喜欢小鱼。

我侧头微笑，眼睛涩涩的。我在这行字的旁边刻下最后一行字：迟钝的小鱼知道杨羽喜欢小鱼，笨笨的杨羽不知道胆小的小鱼也喜欢杨羽。

我站起身，夏日炫目的阳光让我产生短暂晕眩的感觉，似乎又触到了杨羽流转着阳光般温暖的眼神。

随风

错·爱

我的世界寂寞得风平浪静，从来看不到美丽风景。我的黑我的白，变成最灿烂的未来，才明白，天要我等待一个人到来，变成我惟一的色彩。

1

"北、北鹤……"

很小很拘束的声音,就像一叶浮萍悄然地荡于汪洋,又如一片落叶无声地飘在地上。

北鹤犹如梦中惊醒,差点把手中的笔都丢了,倏地回头。

面前的男生,蓝白相间的校服一尘不染,俊美的面孔宛如一颗在烈火中煅烧而成的琉璃珠,晶莹剔透。

"龙……葵?"北鹤小心翼翼地念出这个陌生的名字,深恐脑中的记忆贮存发生了某些不合时宜的纰漏而铸成无可挽回的大错!

这可不能怪她!

谁也不会相信,3年同班,她竟然完全没有和面前这个清逸的男生说过一句话。上次有他存在的记忆是什么时候——对,没错!初一开学典礼!班上同学的自我介绍中似乎有这么一个一句话都没说就走下讲台的人的存在。然后很快的,这个孤独沉默的男生就仿佛荒漠中的一粒尘埃,随风而逝,几乎被所有人遗忘。

"呃……有事?"北鹤看着他,无措得有点恼然。他们不是同班三年的同学吗?为什么会如此生疏?

"我……"龙葵白皙的脸掠过一丝红晕,纤白修长的手指不安地相互交缠,"你的那条裙子……"

"裙子?"北鹤莫名地蹙起弯弯的细眉。

228

"就是上个月你穿的那条。"龙葵好像鼓起了莫大的勇气，深深吸了口气道，"那条背后绣着粉红色花瓣的白色裙子，我觉得很好看，你为什么不穿……"

"啪"的一声，北鹤双手猛地一拍书桌，倏地站了起来，脸色都变了。

龙葵愣然地看着她剧烈的反应，马上手足无措："怎、怎么了？"

"你！"北鹤像是受了莫大的侮辱，玉脸涨得通红，贝齿紧咬下唇，眼底里竟悄悄地渗出了水气。忽然，她猛地一甩手，狠狠地刮了龙葵一巴掌。

"下流！"

她用尽全身力气重重地踢了龙葵一脚，趁他吃痛弯腰捂住小腿时和他擦身而过，顺势又把他撞倒在地。

2

"什么？天啊——你就这样打了人家？"沙发上，身材修长的男生一脸错愕，紧接着捂住肚子大笑，一个重心不稳，滚到地上。

他的旁边，长发披肩的女生凤目圆睁，细细的月眉挑得老高，挥扬着一只捏得坚硬的拳头，一副要把人碎尸万段的模样。她低头瞪着滚在地上仍然狂笑不止的男生，用力一脚踢在他的肚子上，怒叱道："有什么好笑的？"

北庭痛叫一声，伸手按住腰际抬起头，露出一张豪放清爽的面孔。他的皮肤黝黑，那是长期暴晒在日光下染成的色调。他的眼睛很圆很灵动，高兴时一流转，就让人觉得充满活力。这时候那双圆圆的眼睛眯了起来："你干嘛？谋杀亲兄啊？"

北鹤飞快地扫了哥哥的腰部一眼，确定无碍后才傲然地仰起头："谁让你笑？"

北庭咧嘴一笑，敏捷地跃上了沙发，一手揽住妹妹单薄的肩膀，把头凑过去："也许人家是无心的，只是想'赞美'一下你那条裙子而已！"可说到最后，他却忍不住再次捧腹大笑。

"你找死！"北鹤的脸一片通红，已经不知道是怒火冲天还是羞愧难堪。她的脸部肌肉接近扭曲，双手扯住北庭的衣领，"你闭嘴！你不知道我那时候多可怜！天晓得是哪个连'死'字都不会写的家伙，居然敢在我的白裙子后面喷番茄汁。天啊，番茄汁！是鲜红色的番茄汁啊！白色的裙子，鲜红的颜色，一堆刚过青春期的毛头小子会想到什么？上帝啊——我好想撞墙死掉算了！"

北庭盯着哇哇大叫的妹妹，整齐的牙齿把下唇咬得鲜红，浑身颤得几乎散架。不过，幸存在脑神经中的残余理智告诉他：千万不可忘形，不然一声失控的轻笑得罪了接近疯癫状态的小妹，那时他可怜的肚子又要受苦了。

"我真是看走眼了！"北鹤仍在痛恨不已地唠叨，"想不到那个人衣冠楚楚、相貌堂堂，居然是个卑鄙下流、禽兽不如的家伙！'那条背后绣着粉红色花瓣的裙子我觉得很好看'。天啊！你看这是人说的话吗？气死我了！"

"龙葵……"北庭口中念念有词，"他——好像也是你的高中同学吧？"

"对！"北鹤很激动地大叫一声，吓了北庭一跳，"真是老天瞎了眼！全班 50 个学生，只有两个考上 Y 中，就是我们两个。那年 Y 中扩招，10 个班。"北鹤竖起食指，逼近北庭，恨恨地道，"我们居然是同班！"

"呵呵！"北庭夸张地干笑两声，"你们真的有缘啊！"

"那是冤孽！"北鹤一想起那件事就磨牙，"高一同班，高二文理分班，我们都选理科，6 个理科班，竟然又在同一个班。高三高考改革，又分班，我们居然都是选化学！噩梦啊！"北鹤把手一摊，丧气地靠在沙发上。

"又是同班？"北庭同情地摇摇头。

"其实那家伙并不讨厌，我是说他的样子。"北鹤一把抢了北庭枕着的抱枕，抱在怀里，"他的样子真的不差，成绩好像也是第一第二。你说，这样一个人竟然是金玉其外，败絮其中！哦，对了，他还是个奇怪的色痴！"

"色痴？"北庭摸摸撞在沙发上的后脑，眯起眼。

"他特别喜欢红色，喜欢到发疯的地步。"北鹤的表情很夸张，"一个大男生，用的东西，什么笔盒、书包、水壶、饭盒，还有他穿的

别以**失恋**的借口爱我

231

鞋子，竟然都是红色的。大红色，结婚的那种。"北鹤扮了个作呕的鬼脸，"高二的时候他还染了一头粉红色回来，在班上轰动一时。虽然被老师骂了一顿后染回黑色，但是这件事到毕业的时候还有人议论纷纷。"

"粉红色的头发？"北庭语气上扬，轻哨一声，"酷！"

北鹤一甩抱枕，又揍了哥哥一下，怒道："酷你个头！这个世界上就是有像你这种人，才让他招摇撞骗了这么久！你知道吗？那时候很多女生来问我龙葵的往事，她们居然说他有个性。龙葵那是叫顽劣乖僻吧？追求他的人多得可以排队排到人民医院，顺便上精神科的那种！那些人竟然还问我，和他初中 3 年为什么不喜欢他。"

"哦？"北庭玩味地笑道，"你怎么回答？"

北鹤瞪着北庭一脸揶揄的模样，"我能怎么回答？他有这么多劣迹在我的记忆里，我对他一点好感也没有！"

"你这是偏见。"北庭叹了口气，"他完全没有为那件事向你解释什么吗？"

"有什么好解释的？"北鹤不可思议地瞪着北庭，"分明是他的错！他还能说什么？记得高三时我又穿了那条裙子，他看见了，你知道他说什么吗？"

"什么？"北庭有趣地支起身，手臂搭在沙发背上。

"他一本正经地对我说，这条裙子不错，很像那条绣着粉红色花瓣的裙子。"

北庭狂笑着倒在沙发上，抱着头，脸都涨红了。"他、他……你又打他吗？"

"没有！"北鹤一脸无奈，余怒未消地踢了北庭一脚，"我那时被他气得没了半条命。我真的想不通，为什么一个18岁的男生居然还开这种不成熟的玩笑！你说，我还能说他什么？"

"好啦好啦，别气！"北庭一脸扭曲的笑容拍拍北鹤的后背，努力当个尽职的好哥哥。

北鹤鼓着腮，气闷地不说话。

两兄妹停止了说话，大厅霎时变得异常安静。收音机里播出不紧不慢的定音鼓声，很平稳，像人的心跳声。"蓝色天空看不懂，遗忘的彩虹，汽车拥挤像喧闹的蜜蜂，有谁特别留恋我的面容。"唱歌的是位声线很柔的男歌手，他的声音宛如春风拂过大地，融化了冰封的江河，让涓涓溪流开始缓缓流动，慢慢汇入大海。

"不管世界多精彩，都看成黑白，没有什么很心爱，没有什么可不爱。"

"这是谁的歌？"北鹤蹙起细眉。这首歌很熟悉，可太久了，久得已经遗忘了名字。

北庭挠挠头："不知道。"

"我的黑我的白，变成最灿烂的未来，才明白，天要我等待一个人到来，变成我惟一的色彩。"

233

3

北鹤一愣一愣地盯着眼前的大美人，良久才回过神："辰砂姐？"

绝色的女子嫣然一笑，莹白如玉的手优雅地把散在面前的一小缕秀发扣在耳后："北鹤，好久不见了。"

234

北鹤请辰砂进屋坐下，沏上一杯茶递给她："辰砂姐，怎么会忽然回来了？"

"学校有个画展要在广州举行，所以我回来一两天。"

"哦。"

闲聊一会儿，辰砂问道："北庭呢？他没有回家吗？"

"他啊？学校有个什么羽毛球赛，参赛去了。辰砂姐有事吗？"

辰砂的脸上露出一丝遗憾："也没有多大的事。上次旅行时的照片洗好了，这次顺便给他送来。本来还想和他叙叙旧，不过现在看来不行了。"

她和北庭是同一所高中的同学。

辰砂看看表，起身："不早了，我还有事，先走了。"

"我哥回来我会告诉他的。"

辰砂笑了笑，随着北鹤走到门口。忽然，她好像想起了什么似的，回身看着北鹤："对了，龙葵这个人……他是你的高中同学吧？"

北鹤的脸色变了变，不自然地笑了笑："是啊。怎么了？你认识他？"

"难怪这么眼熟，原来真的是高中时的学弟。"辰砂喃喃道，"他现在是我们学校的风云人物了。"

"原来他考到G大。"北鹤装作漠不关心的模样，顺口问道，"他一定是在医学院吧？我记得他好像说过要当名医生。"

"他在法学系。"辰砂淡淡地道。

"什么？为什么？"北鹤愕然地张大嘴巴，"不可能！他是以全校第一考出去的！"

"你不知道吗？"辰砂也是一脸惊讶，"他是不能考医学院的。"

"为、为什么？"

"他是严重色弱的人啊！"

北鹤一怔，接着轰的一声巨响，炸得她几乎没有知觉，就连辰砂向她道别离开了也不知道。她不知道自己是怎样走回大厅的，只知道踉跄几步，跌坐在沙发上。

突然，一丝几乎完全被她遗弃的记忆悄悄地溜进了她的脑海。

那是在高一的时候。

有一天下了大雨，她没有带伞，只好可怜兮兮地站在教学楼前等着北庭来接她。那时候龙葵撑着伞从校门跑了过来，他那把伞，鲜红得刺眼。像往常一样，她一脸唾弃地瞪着他：一个高大英俊的男生撑着一把娘娘腔的伞，还一脸兴奋，真让人受不了！

"北鹤！"龙葵那天似乎异常高兴，俊俏的脸上难得有大大的笑容。他跑到她身边舞动着手中的红伞，兴高采烈地说道，"我这把粉红色的伞漂不漂亮？"

她厌恶地盯着溅到她身上的水珠，用力地擦了擦，大声地怒道："别跳！难看死了！这是大红色，你白痴啊！"

龙葵被她一吼，立刻收了笑容，耷拉着肩膀看着她："你、你没有伞吗？我送你回去吧！"

"不——必——了！"她叉起腰瞪着他，"我哥就要来了！"

"哦。那……那我先回去了。"龙葵低着头，偷偷地看了她一眼，委屈地回过头，踏着浅浅的积水，撑着大红色的伞，匆匆地消失在茫茫的雨天中。

就像被人遗弃的小狗！

那时候，她是火冒三丈没有觉察到，可现在，那深深、委屈的一瞥，重重地锤着她的心！

北鹤倏然捂住嘴，牙齿用力地咬住嘴唇。

她恍惚记得，龙葵不只一次地对她说："我喜欢粉红色有什么错？"

她开始抽搐似的颤抖。

龙葵喜欢红色，他的笔盒、书包、水壶、饭盒，还有他穿的鞋子，都是大红色。但是，在他的眼里，那是……那是天下最美丽、最浪漫的粉红色啊！

北鹤倒在沙发上，用手紧紧捂住刺痛的眼，很涩……很苦……

236

"那条背后绣着粉红色花瓣的白色裙子，我觉得很好看！"

天啊！她到底对一个单纯可怜的男生做了什么？

"我的世界寂寞得风平浪静，从来看不到美丽风景。我的黑我的白，变成最灿烂的未来，才明白，天要我等待一个人到来，变成我惟一色彩。"

那首歌——她记起来了！那首歌是龙葵惟——次登台演唱的歌——当时她不知道，也没有人知道，原来龙葵唱的，是他自己！

积累了5年的怨，集聚了5年的恨，刹那间，烟消云散。

她轻易地原谅了他！

4

这一天，五一长假的第二天，她来到了北京。

顺着辰砂给的路线图，她找到了法学院，沿着迂回盘旋的淡灰色铝合金扶栏慢慢登上楼梯。金色的阳光从楼梯拐弯处的大窗口投射进来，被银色的栏杆反射，幻化为刺目的一圈光环，刚好掩住了教室的大门。

北鹤站在楼梯口，眯起眼睛。她不知道，推开这扇金光闪耀的门，出现在她面前的到底会是什么。

北鹤低着头，盯着自己的手，盯着那双纤长白皙的手不受她控制地慢慢移向那扇门，触碰到冰冷的铁门。清凉的感觉蓦地由她

的手心射向头脑,她倏然愣住了,手慢慢地缩了回去。

她到底在害怕什么?

不管怎么说,他们也是同学啊——相识6年的同学啊!

北鹤深深地吸了口气,再次伸手推向那扇门。

"吱"的一声,门打开了。

室内只有寥寥几人,很有默契地全回头看着她。

北鹤全身像被火烧着一样,滚烫滚烫:"请、请问……"如果不是出于礼貌,她早就掉头逃走了。

"北鹤?"诧异的声音,用的是广州方言。

眼前蓦然一花,灿烂的阳光被挡在里面,北鹤的眼前出现了一张错愕不已的面孔。

"你……怎么……"龙葵震惊地盯着像变魔术似的出现在教室门口的北鹤,头脑里面完全空白。

北鹤不做声,目不转睛地盯着眼前的人,鼻子忽然有点酸。

他,依旧俊逸出色,依然像一粒烈火中煅成的玻璃珠子,无论在哪里都闪耀着靡丽夺目的光芒 。他的眼睛,黑曜石一般尊贵的瞳眸,里面流淌着水似的色彩,很清澈很明亮,但并不冰冷。

他的眼睛啊,那双钟情于粉红色的眼睛!

北鹤忽然捂住嘴,掩住她狠狠咬牙的动作。

"我、我不知道你要来……这个,"龙葵显得手足无措,"进来坐。我、我还有些事要做,能等我一下吗?"

北鹤点点头。

龙葵的脸微微一红，飞快地转身走到一名长发女子身旁，低低地说了几句。那名女子回头好奇地打量北鹤，又对龙葵说了些什么。龙葵摇摇头，笑着耸耸肩，坐在她身边，两人埋头继续在纸上写着什么。

那一刻，北鹤看到了女子眉目如画的脸，带着一丝的蹙眉，一丝的审视。忽然，北鹤的心摔下了万丈深渊，因为她看到了那女子眼中淡淡冷峻的占有。

她是谁？

龙葵对人从来都是淡漠有加，可是他却对这个女子露出亲切的笑容。

北鹤不觉伸手扯住了衣襟，扯得手背发白。

龙葵的身边没有任何粉红色的物体。他的衣服是雪般的白净，他的鞋子是墨般的漆黑，他的背包是绿色的，笔是蓝色的，水壶是黄色的，浑身上下就是没有他最爱的粉红色。

他不再爱那种颜色了吗？

粉红色，伤害得他太深太深了吗？

北鹤垂下头——那她来干什么？

她的心忽然好痛……

"怎么了？"一杯水送到她的面前，关切的眼睛亮在她的眼前，"不舒服吗？我见你一直都无精打采的，路途上很累吧？"

"谢谢。"北鹤低低地道谢，默然接过水杯。

"怎么会忽然来北京？"龙葵盯着她。

"我……"北鹤一时哑然，抬头看着龙葵，沉沉地放下了杯子，"我来向你道歉。"

"道歉？"龙葵一愣，"道什么歉？"

"你、你还记得初三的时候我打了你一巴掌吗？"北鹤支支吾吾，"对不起！我不知道你是、你是……我以为你在恶作剧……"她的声音越来越低，原本微微有点苍白的脸霎时窘得通红，"你……应该没忘记吧？"

"忘记？怎么会？"龙葵淡淡地扬起嘴角，很自然地伸手摸了摸左边的脸颊，喃喃地道，"你那一巴掌真的好狠！现在我还能感到那时候火烧一样的剧痛。"

"对不起！"北鹤懊恼地咬紧牙，把头低得更低。

龙葵的眼眸亮了亮，里面闪烁了些莫名的光："就是说，你不会再对我不理不睬，是吗？"

最后两个字，他加重了语气。

"对不起！"可惜心虚紧张的北鹤没有听出来。

"没有没有！"龙葵嘿嘿大笑，僵硬的表情在一瞬间柔和下来，"要怪就怪我不知道你是那样讨厌粉红色。"

"讨厌粉红色？"北鹤愕然地抬起头。

"不是吗？"龙葵有点尴尬地抓抓脑袋，白皙的脸泛出红晕，"我记得好像每次一碰到和粉红色有关的事情都会被你臭骂一顿。其实我真的觉得粉红色很好看啊！那条背后绣着粉红色花瓣的白色裙子，我觉得很好看。"

北鹤深深地咬住下唇。

5

今天是 5 月 6 号，她要离开北京了。

"喂！你到底想怎么样？"昨天和北庭通话时，她老哥是这样对她说的。

"什么怎么样？"

"你的心啊！你自己想怎么样？"

"我……不知道。"

"不知道也要知道！"北庭不耐烦了，"要么，明天和他拜拜，以后别在我面前提起他；要么，告诉他你心里想什么！"

"他有女朋友。"北鹤戚戚惨惨地说道。

"他亲口说的吗？"北庭咬牙吼道，他这个老妹，这会怎么这么笨呀？"他没有说过就不要自以为是！问他！亲口问他！"

"你是叫我自讨没趣吗？"北鹤被北庭吼得莫名其妙，没好气地说道。

"那就别烦我！"北庭"啪"的一声，断了电话。

于是,北鹤就睁着大眼瞪到天亮。

当太阳升起的那一刻,她穿上了 41 年前的那条白色的裙子——很刻意地,她带来北京——倒出一瓶番茄酱,用莹白的手指舔上鲜红的番茄汁,凭着记忆抹在裙子的后面。

她就这样出现在龙葵的宿舍楼下。

没有顾及到旁人异样的眼光。

当龙葵站在她面前,看到那条裙子的时候,先是呆愣了一下,然后脸色开始变了。他围着北鹤转了一圈,漆黑的眼瞳盯住那鲜红色的斑点,俊逸的脸流泻一种亮丽的光彩,很光很亮,仿佛剔透的玻璃珠放在荧光灯下,透射出北极光散下似的色彩。

倏地,他一手抱住北鹤,激动地叫道:"好漂亮的粉红色花瓣!我还以为,今生今世,我再也见不到这条漂亮的裙子了!"

他的声音像长吟,像哀叹,像久经磨难终于找到了至爱的宝贝!

"你不怕你的女朋友看见吗?"北鹤幽幽地道。

"女朋友?是谁?"龙葵猛地拉开北鹤,愕然地瞪着她,"我没有女朋友。"

北鹤微微一怔,脱口而出:"那个长头发的女生……"

"长头发?"龙葵轻轻地蹙起剑般的眉毛,"她是我同学!"他瞅着北鹤黯然的神色,忽然露出了开心的笑容,"不过如果你当我女朋友的话,那倒无所谓。"

北鹤的心"咯噔"一跳,净白的脸"刷"地红了一大片。忽然,她一把推开龙葵，毫不留情地踢了他一脚——就像 4 年前一样。

"你干嘛？"龙葵吃痛地飞速弹开，弯腰捂住小腿——正如 4 年前的样子。

"你再说一次。"北鹤盯着龙葵迷茫的俊脸，语气里隐藏着淡淡的笑意。

"说什么？"龙葵咬牙瞪着北鹤，发现自己完全琢磨不透面前这个女孩。

"你刚刚说的那句。"

"刚刚？'你干嘛'？"

"再上一句！"北鹤无奈地瞪了他一眼。

"上一句？"电光火石一般，龙葵忽然了然地抬头盯着北鹤，黑曜石般深沉的眼眸中不断跳动着发亮的光。他犹疑片刻，蓦然张开了双臂，一字一句重复，像在宣誓，"不过如果你当我女朋友的话，那倒无所谓。"

话音刚落，北鹤温柔一笑，张大双臂，仿佛回归的鸟展翅扑向它温暖的巢，投入龙葵敞开的怀抱……

长安熏香

飞天而来的黎小蛮

黎小蛮轻描淡写的挥手之间，就解决了我困惑十年的问题，现在，我爱的那个人，正焦急地穿行在高速公路上，为了我们那个期待了十年的拥抱。

我说她飞天而来

黎小蛮住我隔壁，起初我们只是那种擦肩而过连头都不用点的邻居。

我过着最有规律的生活：每天早上 7 点 50 出门，赶一趟地铁去淮海中路的咨询公司上班，黄昏回家，为自己做一顿丰盛的美餐，饱啖之后，看书、听音乐、睡觉。

而黎小蛮的生活，据我观察，似乎既有规律又杂乱无章。

规律是我每天早上雷打不动可以在电梯间看到这个高高瘦瘦的女孩，有时她衣衫不整呵欠连天，纠缠卷曲的长发加上指间夹着的香烟，一脸太妹相；有时她又全身套装，头发整齐梳起，浑身散发着淡淡香水味道，全上海最资深的白领都没她精神。

准确地说，黎小蛮是莫名其妙地闯进了我的生活。

10 月的最后一个周末，我正在厨房忙我那锅靓汤，忽然响起狂暴的敲门声。一打开门，便看见那个高高瘦瘦的女孩一阵风似的卷进来，不由分说地一路往里闯，口里大声嚷嚷："我的钥匙忘房里了，借你的阳台用用！"

我一把将这个看似纤弱实则鲁莽的女张飞从阳台拽回来："小姐，这里是 11 楼啊，你以为玩蹦极呀！"

后来，我就和这个女张飞一起共进晚餐，再替她打电话叫锁匠。看着那串闪亮的钥匙就安安静静地躺在桌子上，女张飞一声长叹：

别以失恋的借口爱我

"看到这串钥匙，忽然觉得自己真的很孤单啊！"

然后她冲我甜甜一笑："我叫黎小蛮，交你这个朋友了！"

 她说她很勇敢

认识黎小蛮之后，才知道原先对她留下的印象全是假象，她既不是太妹也不是什么高级白领，不过是一个广告从业者。因为常常要通宵加班加点，所以免不了有蓬头垢面无精打采的时候，穿套装不过是偶尔客串广告 AE 的戏服罢了。

真实的黎小蛮，具备传说中侠客的所有美德，善良真诚、恩怨分明，必要时不惜为朋友两肋插刀，只是，少了一点精明——用她自己的话说"这叫做勇敢！"

在黎小蛮的履历里，曾经有过社工、乡村女教师、青年志愿者等等高尚的经历，对照她黑黑眼影猩红嘴唇酷到极点的形象，着实令人咋舌。

所以，黎小蛮常常在某个时间就突然决定一件事，去挑战自己，鼓励自己尝试陌生的极限，而且说做就做。从这一点来看，她的确要比我和其他人勇敢得多。

和黎小蛮的邻居生涯中，我遇到最多的状况就是：忽然收到黎小蛮快递过来的钥匙，通知我她又要出门数日，要我帮忙照看她的金鱼和月季。

过后数日，我会不断从网上收到她的消息：在湘西深山老林里和少数民族拍的照片，沿着古丝绸之路行进的痕迹，或者山穷水尽要求立即支援的求救信。

面对如此勇敢如此率真的黎小蛮，我只有叹息一声，接受她所有的出乎意料和放任不羁。

我说我很认真

千真万确，黎小蛮这样随心所欲的日子，我一天也过不下去。

如果说黎小蛮属于黑夜，充满了不可预知的可能，那么我就是永恒的白昼，过着水至清人至察的生活，不揉半粒沙子。

我习惯循规蹈矩，在固定的时间做固定的事，从不奢望，亦不轻易放弃，这是一种对自己负责的态度，这种态度，我总结为两个字：认真。

因此，我把一份乏味的工作想像成古老而漫长的围棋游戏，它平淡却优雅，细碎但从容。这份想像支持我在一个固定的位置一做 5 年，并且毫无去意，当公司所有的员工都差不多流动了一遍之后，一日总经理感慨万千地拍着我的肩膀："小余啊，你才真正是公司元老级的员工啊！"

我每天给自己做饭，5 年一千多顿饭，食谱遍及全中国的所有菜系。

247

我让自己习惯阅读，看加西亚·马尔克斯，看米兰·昆德拉，看英文法文，看一切感兴趣的书。我有一搭没一搭地参加各种考试，居然考出了一摞证书，范围涉及法律、经济、语言。我把周而复始的生活过得津津有味。可黎小蛮看我的眼神却分明闪烁着同情和怜悯，她甚至买了本一度红得发紫的畅销书——《谁动了我的奶酪》给我。

248

我告诉她：也许你今天看不到我的付出能得到什么，但10年之后，你一定能看到上帝对认真的人有怎样的回报！

于是，就像我包容她一样，黎小蛮也长叹一声，然后老老实实地接受我的原地踏步。

她说爱情是偶遇的花朵

黎小蛮最近一次出行，为期三月，临走前宣称，此行足迹将遍布半个中国。

在最初的一个月，我还断断续续收到过她的一些消息，惊险得像《环游地球八十天》一样，遇窃、身无分文、在酒吧打工赚取路费继续前进。

后来干脆断了联系，无论我往她邮箱里倒多少垃圾，往她的QQ上发多少消息，黎小蛮这个人，在后来的两个月里，就人间蒸发了。

然后，毫无征兆的，在某日下班前，我忽然收到黎小蛮的短信：

平安抵达,等你晚餐。

那天晚上,我看到瘦得形销骨立但精神分外矍铄的黎小蛮坐在我的门口,身边是一堆破破烂烂的行李,但这些都还不足以令我震惊,真正令我震惊的,是黎小蛮身后的那个人。

那个人,我怎么形容好呢?

皮肤大概只比烟熏火腿白一点点,发型是那种怒发冲冠式的,一双布鞋露着三个脚趾头,还高得吓人,坐在地上的黎小蛮在他的映衬下娇弱得像一只在雪地里觅食的小麻雀。

这是黎小蛮在云南的少数民族向导丁巴,当时一群人同登玉龙雪山,在离顶峰 500 米处,黎小蛮高原反应发作,所有的人都在向顶峰冲刺,而她停留原地,呼吸困难,痛苦难当。在绝域苍茫的雪山顶峰,陪着她度过难关的,只有丁巴。

大概就是犹豫了 3 秒钟吧,3 秒钟之后,黎小蛮做了一生中最重要的决定:这个人,就是要牵手一辈子的那个人了!——虽然他可能永远都不明白 Cartier 是什么东西,不知道全上海哪里的咖啡最好喝,不知道一切有关流行和时尚的新鲜玩意儿,但这并不重要,重要的是,他在她最困难的时刻,永远不会扔下她一个人。

我说爱情是水晶瓶里的回忆

我喜欢张爱玲在《金锁记》里对爱情的比喻:"……明晰,亲切,

然而没有能力干涉，——不多的一点回忆，将来是要装在水晶瓶里双手捧着看的。"

就好像我对 Kan 的爱。

Kan 是我爱了 10 年的人，从高中开始，我就一直期待有他出现的场合，然后默默地守在角落里远远仰望他。篮球赛、演讲，甚至高考，我坚持要考上海的大学，面对家人，说不出任何理由，但死死攥着笔，不肯填除"上海"以外的任何城市。

就这样，每年至少有一次机会我可以再见到他。每年一度的同学聚会上，我默默看着 Kan 和我一样一点一点地成熟长大，他开始放弃球鞋运动装，开始打领带，开始带女朋友同行，只是每年他身边的女孩都不是同一个人。有一次他颇为无奈地感叹："就是找不到感觉啊！"那时候他有点醉意，草草地抓抓头发，像极了当年篮球场上的憨憨模样。

黎小蛮问我："你爱他吗？"

"爱！"毫不犹豫。

"他爱你吗？"

沉默半晌，我困惑地答："不知道呀！"

黎小蛮愤怒地挥着手："那你去问他啊，你不问怎么会知道？"

但我不是一个习惯改变的人，多年来满足于每年见他一次，偶尔通通电话，然后细细回忆，偷偷喜悦，所以，面对黎小蛮强烈的建议，我期期艾艾："这个，不大好吧？"

250

黎小蛮冷哼一声"爱情白痴",转身领着她的丁巴见识上海滩的繁华去了。

她说我要为你做件事

黎小蛮最终决定放弃都市的繁华时尚,和丁巴一起回到玉龙雪山脚下开酒吧做老板娘去了。离开时这个没有良心的小女人全无一点离愁别绪,甜甜笑着,就像最初见到她那样。

她像痞子一样拍着我的肩膀,吊儿郎当地说:"有什么好再见的,飞机才几个小时,想我就飞过来看我吧!"

完了才俯在我耳边轻轻松松地说:"姐姐你要勇敢。"

我的眼泪一下子不受控制地流下来,泪眼朦胧中,我看到黎小蛮挥着手挽着丁巴走了,轻快地、调皮地、眨着明亮好看的大眼睛离开了。

然后,我的电话响了,那头是 Kan 温和的声音:"余余,有人替你问了我一个问题,那个叫黎小蛮的女孩说,我应该亲自把答案告诉你,你——愿意接受我吗?"

那天我在机场哭得天昏地暗,却从来没有这样幸福:鬼马精灵的黎小蛮轻描淡写的挥手之间,就解决了我困惑十年的问题,现在,我爱的那个人,正焦急地穿行在高速公路上,为了我们那个期待了十年的拥抱。

别以失恋的借口爱我

后 记

昨日的旧梦都已远去，再次相逢的你可否记得古老的誓言、发黄的相片以及多愁善感而初次流泪的青春。那些光阴的故事随着四季轮回，就像绽放在午夜寂寞的烟花，纵然短暂，却拥有瞬间的永恒。

为了重温那时的情怀，本丛书精选数篇青春新锐文学佳作，分别为《搭上暗恋的贼车》、《别以失恋的借口爱我》、《恋上我就别想跑》和《嗨！我们恋爱吧》，讲述无法忘却的情感往事，朋友之间的真挚情谊，感人肺腑的父母手足之情和成长背后的感悟哲思，以缅怀那些骑着单车飞驰的岁月和那些如阳光般明媚的忧伤。

但由于网络联系方式的问题以及部分作者地址不详，我们未能及时取得联系，在此深表歉意，请原文作者见书后速与我们联系。

E-mail: lswh168@vip.sina.com 或 happyorg@china.com

感谢所有的作者以及读者朋友们！

编者

2005 月 8 月